Verloren im Netz

FSC
www.fsc.org
MIX
Papier aus ver-
antwortungsvollen
Quellen
Paper from
responsible sources
FSC® C105338

Oliver Pautsch, 1965 in Hilden geboren, lernte in Solingen laufen, ging in Hilden zur Schule und studierte in Düsseldorf. Er wohnte und arbeitete lange Jahre in Köln. Heute lebt der Autor mit seiner Frau und drei Kindern wieder in Hilden.

Wenn er behauptet, die Region besser als den Inhalt seiner Schreibtischschublade zu kennen, kann man ihm ruhig Glauben schenken. Der Autor hat in der Region viele Jahre lang Klaviere und Flügel transportiert. Das tut er noch heute manchmal – falls er nicht gerade Romane oder Drehbücher schreibt.

Der Autor freut sich über einen Besuch seiner Heimseite: www.pautsch.net

VERLOREN IM NETZ

Oliver Pautsch

edition**5p**

Bibliografische Information der Deutschen Bibliothek
Die Deutsche Bibliothek verzeichnet diese Publikation in der
Deutschen Nationalbibliografie; detaillierte bibliografische Daten
sind im Internet über http://dnb.ddb.de abrufbar.

Autor: Oliver Pautsch
Titel: Verloren im Netz
ISBN: 9783848257485
Coverdesign: Niklas Schütte
URL: www.pautsch.net

Überarbeitete Neuausgabe – erstmals unter gleichem Titel erschienen im Thienemann Verlag, Stuttgart

© 2018 Oliver Pautsch
Herstellung und Verlag: BoD – Books on Demand, Norderstedt.
Titelbildgestaltung: Niklas Schütte unter Verwendung eines
Fotomotivs von 123rf.com (© 123rf.com/Nr. 32889357,
© Somjring Chuankul)

Für Gerd Friedrich –
meinen ältesten Freund

Curiosity Killed the Cat

Verdammt, wie lange brauchen die denn? Ich halte es nicht mehr aus, springe von Johans Bett und sehe aus dem Fenster – nichts. Irgendetwas liegt in der Luft, das spüre ich. Es ist mehr als die schwüle Hitze. Ich werfe mich wieder auf Johans Bett und starre in die GALA, um den Schrott zu lesen, der drinsteht, denn die Bilder kenne ich schon auswendig. Die Kittens sind wieder zusammen, ich fasse es nicht. Johan hat das Zeug der Mädelsband gehört, als ich noch klein war. Den idiotischen Streit von damals habe ich erst gestern auf Youtube gesehen. Die Mädels waren so peinlich, als sie auf der Bühne ausgerastet sind. Eine Schande, aber was rege ich mich auf? Ich bin auch schon ausgerastet, wenn auch nicht auf einer Bühne vor hunderten von Journalisten. Im Moment würde ich auch am liebsten aus der Haut fahren. Ich schwitze fürchterlich! Außerdem ist es wirklich ekelhaft, was sich die Schwachköpfe dieser Klatschzeitung ausdenken, um ihr Blatt unter die Leute zu bringen. Ja, ja, ich fluche schon wieder, aber es ist kaum auszuhalten, was für ein Stuss unter diesen Paparazzibildern steht.

Mein Name ist Bo und ich will Journalistin werden. Allerdings werde ich eine gute!

Natürlich bin ich auch sauer, weil die Abholung des neuen Wagens meines Bruders so lange dauert.

Dass Johan mir nicht verraten wollte, was er sich letzte Woche für ein Auto gekauft hat. Und das alles nur, weil ich ihn verarscht habe, als er durch die erste praktische Führerscheinprüfung gefallen ist.

Unser Verhältnis war in den letzten Wochen nicht das Beste. Jetzt, so kurz vor den Ferien sind wir beide ziemlich im Stress.

Wenn Johan wüsste, dass ich auf seinem Bett liege, die GALA unserer Mutter zerfleddere und dabei seine Erdnussflips mampfe, die der Idiot immer wieder an derselben Stelle versteckt – na ja, dann würde er mich vermutlich durch die Bude jagen und, wenn er mich kriegt, was sehr unwahrscheinlich ist, weil ich viel schneller und vor allem gemeiner bin als er, also dann würde er mich wieder auskitzeln, bis ich vor Lachen kotzen muss. Das hat Johan schon gebracht, obwohl Lars danach einen Riesenaufstand wegen des Teppichs gemacht hat. Lars ist mein Vater. Er wird nicht gern beim Vornamen genannt, aber eine fast Sechzehnjährige sagt doch nicht mehr »Papa«, oder?

Noch ein Blick aus dem Fenster. Der Idiot von Gegenüber führt seinen Hund zum Kacken auf die Wiese des Nachbarn, vielleicht gibt es dort bald wieder Streit. Ansonsten ist alles ruhig, viel zu ruhig für meinen Geschmack. Ich schwitze und schnuppere an meinem Top, doch das ganze Zimmer riecht nach Erdnüssen. Viele von den Flips sind auf Johans Bett verstreut. Auf jeden Fall zu viele für meinen Bruder, den Pingel, aber Saubermachen oder Duschen kommt jetzt überhaupt nicht infrage. Nicht, bevor Johan endlich mit seinem neuen Wagen hier aufkreuzt.

Neugier war immer schon meine größte Schwäche, daher auch mein Berufswunsch. Investigativer Journalismus ist genau das Richtige für mich. Die Minustitte von Mathelehrerin (Namen werde ich keine nennen!), behauptet, ich benutze Worte »wie Waffen«. So ein Schwachsinn! Fluchen ist meine zweitgrößte Schwäche, das ist alles.

Ich schlendere betont lässig ins Wohnzimmer hinüber, wo Senta am Bügelbrett schwitzt. Nein, das ist nicht unser Schäferhund, so heißt meine Mutter. Sie glättet mit einem Dampfbügeleisen die weißen Hemden ihres Mannes bei fast dreißig Grad im Schatten. Sie schüttelt den Kopf, ohne aufzusehen. Ich weiß, dass ich verloren habe, bevor ich frage. Kann es aber trotzdem nicht lassen: »Ist es ein normales Auto? Oder ein Kombi?«

Stilles, schwitzendes Bügelschweigen.

»Ein Neuwagen? Oldtimer? Habt ihr ihm etwas dazugegeben?«

»Bo Margarete Goldberg. Auch Fragen im näheren Umfeld der Masterfrage sind nicht zulässig«, sagt sie und ich kann ihren Anflug von Lächeln sehen, diese verdammte Schadenfreude, weil Johan sie alle instruiert hat, mir seine Autokaufpläne vorzuenthalten. Aus Rache!

Ja, ich gebe es zu. Mein voller Name ist Bo (nein, das ist keine Abkürzung!) Margarete (nach meiner toten schwedischen Omi) Goldberg. Laut meinem Bruder Johan sind wir exschwedische Deutsche. Laut meinem Vater ist Familie Goldberg schwedischer Abstammung jüdischen Glaubens. Laut meinem Opa Samuel sind wir dänische Schweden jüdischen Glaubens. Von denen einige nach Deutschland gegangen und andere in Schweden geblieben sind. Oder so. Ich steige da nicht durch, gehöre sowieso nur halb zum Club der Goldbergs, sozusagen als Importmodell. Aber Senta ist hier geboren und hat Lars während ihres Studiums in Schweden getroffen. Die Liebe hat Lars nach Deutschland gebracht, wovon Opa Sam, wie ich ihn nenne, nicht begeistert war. Er ist es immer noch nicht und lebt nach dem Tod von Omi wieder in Schweden, wo er geboren wurde. Johan und ich sind hier geboren. Angeblich sind wir alle Juden. Aber das merkt man höchstens am Kerzenleuchter auf der Fensterbank oder an der Tatsache, dass Lars meine Mutter manchmal lachend »Schickse« nennt – das macht mich nicht wirklich zur Jüdin, oder? Beten tut hier jedenfalls niemand. Aber wenn jemand Juden beleidigt, beleidigt er auch mich und ich trete ihm in den Arsch. So einfach ist das!

Ein letzter Versuch bei Mama: »Ich will ja bloß wissen, ob er sich was Teures leisten kann, oder ob er …«, doch ich breche ab, in der absoluten Gewissheit, dass meine Mutter die Kunst der absoluten Geheimhaltung perfekt beherrscht. Durch das Fenster sehe ich meinen Vater mit dem Rasenmäher über unsere Wiese ächzen.

»Wieso macht ihr diese schweißtreibenden Sachen eigentlich ausgerechnet jetzt? Wieso macht ihr den Scheiß ÜBERHAUPT?«, fauche ich. Bin mir plötzlich unsicher, ob ich Bügeln und Rasenmähen oder die verdammte Geheimniskrämerei meine. Meine Mutter hält wortlos die Hand auf. Ich stöhne »Oh, verdammte Kacke!«, und diesmal kann sich Senta das

Lächeln nicht verkneifen und kassiert zwei Euro von mir, die ich ihr wütend in die Hand drücke. Pro Fluch ein Euro, so lautet die Regel.

»Wahrscheinlich habe ICH auf diese Weise das besch …«, ich kriege gerade noch die Kurve, den dritten Euro zu sparen, »… das Auto meines Bruders finanziert!«

»Nein«, sagt meine Mutter. Kein weiteres Wort zu diesem Thema. Ich gebe auf, gehe in Johans Zimmer zurück und starre weiter aus dem Fenster.

Eine halbe Stunde später hätte ich fast das Beste verpasst. Ich muss eingenickt sein. Als ich hochfahre, weil ein bullerndes Geräusch mich aus hitzigen Träumen reißt, klebt mir die GALA an der verschwitzten Wange.

Deshalb Brad Pitt, denke ich über meinen Traum nach und reibe mir piekende Ernussflipsbrösel von der nackten Schulter. Vom Fenster aus ist wieder nichts zu sehen, weil das gurgelnde Etwas – froschgrün, so viel kann ich erkennen – bereits in der Einfahrt steht, außerhalb meiner Sichtweite. Ohne zu überlegen, reiße ich Johans Fenster auf und klettere barfuß in den Vorgarten, dränge mich an dem Busch vor seinem Fenster vorbei und hüpfe auf die Waschbetonplatten. Dann passieren drei Dinge gleichzeitig:

Erstens: Johans bester Freund Stefan, den ich sowieso im Verdacht habe, manchmal heimlich an meinen Sachen in der Garderobe zu schnüffeln, wenn keiner aufpasst, fallen fast die Augen raus. Schlagartig wird mir klar, dass ich mein Top im Schlaf wegen der Hitze ganzflächig durchgeschwitzt haben muss, denn es

11

wird angenehm kühl oben herum. Ein leichter Wind weht an der Garage entlang, fühle ich an meinen Brustwarzen und bin ganz offensichtlich nicht die Einzige, die es bemerkt. Läuft da ein Speichelfaden aus Stefans Mund? Das ist ja ekelhaft! Jungs sind manchmal so … Aber kommen wir zu:

Zweitens: Stehe ich nun bereits mehrere Sekunden barfuß auf von der Julisonne aufgeheizten Waschbetonplatten. Und es ist ein heißer Juli, Freunde! Ich hüpfe also hoch, komme wieder auf den Boden und meine, das Zischen hören zu können, mit dem gerade Fußsohlensteaks auf heißem Stein gebraten werden. Also mache ich Fehler Nummer drei (wir erinnern uns an Fehler eins: Wet-Shirt-Contest) und stütze mich mit beiden Händen an Johans, nennen wir ihn erst einmal ›Froschwagen‹ ab.

Weder Johan noch Stefan konnten bisher einen Piep herausbringen, es geht einfach alles viel zu schnell. Stefan ist bereits ausgestiegen, Johan sitzt am Steuer, als könne er es nicht glauben. Dieses Auto zu besitzen, meine ich. Dass seine Schwester manchmal, nun ja … darüber ist er sich natürlich vollkommen im Klaren.

Es ist ein sehr heißer Sommer, ich wiederhole mich. Das gilt nicht nur für Straßenbeläge, sondern besonders für Motorhauben frontbetriebener Personenkraftwagen, wie ich nach einer Schrecksekunde spüre. Ich hüpfe mit medium durchgebratenen Fußsohlen vor der Garage herum und starre auf meine knallroten Handflächen. Mich wundert, dass der grüne Lack dieser Scheißkarre keine Blasen wirft. Die Sonne von oben hat die Haube zusammen mit dem Motor von unten fast zum Glühen gebracht! Giftgrüne Glut! Also tue ich instinktiv etwas, um die Hitzeeinwirkung und damit die Schmerzen an Händen und Füßen zu reduzieren – ich springe Stefan auf den Arm. Er fängt mich halbwegs galant, was bei 53 Kilo keine Meisterleistung ist, und hält mich mit offenem Mund in den Armen. Mit einem Gesichtsausdruck, als wäre die Sonne für ihn gerade zum allerersten Mal in seinem Leben aufgegangen. Gleichzeitig passiert etwas, womit ich überhaupt nichts anfangen kann: Er krümmt sich plötzlich vor Schmerz und lässt mich fast fallen. In letzter Sekunde kann ich mich auf die Beifahrerseite der Froschkarre retten und hellbraunes Kunstleder schnauft überrascht auf. Draußen windet sich Stefan mit glasigen Augen neben dem Auto und meine Schadenfreude verwandelt sich augenblicklich in Sorge.

»Was hast du? Ist dir nicht gut?«

»Doch«, stöhnt Stefan und klingt wie das genaue Gegenteil. Ich sehe Johan an, der seinen Blick unter Aufbietung all seiner Kräfte vom Armaturenbrett losreißt und mit den Achseln zuckt.

»Keine Ahnung. Er war im Krankenhaus, will aber nicht damit rausrücken, wo sie ihm was abgeschnitten haben.« »Blinddarm vielleicht«, rate ich.

»Genau«, seufzt Stefan, wischt sich eine Schmerzensträne von der Wange und versucht abzulenken: »Wie geht's dir denn, Bo?«

Ich puste vorsichtig in meine Hände. »Bin verletzt. Wer trägt mich rein?«

Johan hat mich überhaupt nicht gehört und Stefan sieht ehrlich traurig aus, denn er kann es offensichtlich nicht mehr. Irgendetwas in seiner Mitte muss kaputtgegangen sein, als ich Stefan in den Arm gehüpft bin.

»Leistenbruch?«

»Nee, ist schon wieder gut«, antwortet er.

Mick kommt herangeradelt und winkt uns zu. Beim Anblick des Wagens lässt er sein Fahrrad achtlos in unseren Vorgarten fallen. Sein begeistertes Gesicht erscheint in der Beifahrertür.

»Boahh! Was für'n geiles Gerät!«

Dass er nicht mich damit meint, erklärt sich aus der Tatsache, dass mir mein neuer erster RICHTIGER Freund keinen Begrüßungskuss gibt, sondern meinen Bruder Johan anstrahlt. Dabei sind Mick und ich erst seit vier Wochen und drei Tagen zusammen! Vorher kannte er meinen Bruder nicht einmal.

»Mach mal an«, fordert er Johan auf und drückt mir seine Lippen beiläufig auf die Wange. So, als wären wir seit dreißig Jahren verheiratet. Aber ich habe gerade andere Sorgen, an Händen und Füßen. Auf einmal bin ich mir nicht mehr sicher, ob ich mich mit diesem Wagen jemals anfreunden werde. Bisher hat er mir jedenfalls nicht gerade Glück gebracht.

Johan tritt die Kupplung, legt Daumen und Zeigefinger feierlich auf den Zündschlüssel und macht es extra spannend. Stefan und Mick klettern auf den Rücksitz und Mick sieht zwischen Johan und mir begeistert nach vorn durch die Scheibe, obwohl dort nur das Garagentor der Goldbergs zu sehen ist.

Müsste mal wieder gestrichen werden, denke ich mit Blick auf die Roststellen. Dann springt der Motor blubbernd an und Mick brüllt außer sich vor Freude: »Mann! Das is'n Ford Granada Ghia! Von vierundsiebzig, oder? So einen fahren die Spinner in *Absolute Giganten*! Das ist mein Lieblingsfilm!«, raunt er mir begeistert zu. Und ich nehme mir vor, es mir zu merken, auch wenn ich gerade echt andere Sorgen habe. Was nun endlich auch meinem Freund mit Blick auf meine knallroten Handflächen auffällt.

»Was ist dir denn passiert?«

»*Curiosity Kills the Cat*«, antwortet Johan an meiner Stelle.

»*Curiosity KILLED the Cat*«, verbessert Stefan von hinten, »Ben Volpeliere-Pierrot, Julian Godfrey Brookhouse, Nicholas irgendwas mit ›B‹ im Mittelnamen Thorpe und Migi, dessen vollen Namen weiß ich auch nicht mehr. Aber ihr Album *Keep Your Distance* war 1980 fast dreizehn Wochen in den britischen Top Ten.«

»Dein Punkt Schneiderlein. Du bist und bleibst der Beste«, gibt Johan beeindruckt zu.

»War 80 das Jahr von Blade Runner?«, will Mick wissen.

»Nee, Blade Runner hatte 1982 Kinostart in den Staaten, '83 bei uns.«

»Na, großartig. Ich sitze mitten in einem Witz. Treffen sich ein Musik-Nerd ein Film-Nerd und ein Autofreak. Sagt der Film-Nerd zum Musik-Nerd …« Aber Johan gibt Gas und unterbricht meine Tirade: »Ich will noch 'ne Runde fahren.«

»Aber nicht ohne uns!«, sagt Mick.

»Ich will auch mit«, verlange ich. »Muss aber vorher kurz rein. Ich brauche Salbe und Schuhe und so was.«

»Süße, du brauchst ganz besonders 'n Hemd oder so was«, sagt Mick mit Blick auf meine Brüste und Seitenblick auf Stefans Stielaugen.

»Ich müsste mal kurz ins Bad«, bittet Stefan verlegen.

»Na, dann macht hin. Dalli«, verlangt Johan. »Ich warte im Wagen.«

»Natürlich. Wahrscheinlich übernachtest du ab jetzt in der Karre, was?«, sage ich, doch mein Bruder reagiert nicht. Er genießt gerade den Anblick irgendeiner Anzeige im Armaturenbrett.

Ich versuche, ohne Handflächen und Fußsohlen zu benutzen, aus dem Auto zu steigen. Dabei muss ich ungefähr so aussehen wie eine betrunkene Spinne.

Endlich erbarmt sich Mick und hilft mir aus dem Wagen. Er gibt mir einen Kuss und trägt mich über die Schwelle ins Haus. Das fühlt sich allerdings SEHR COOL an!

PEDAL TO THE METAL!

EPISODE ONE

Ich habe meine Wunden gepflegt und wir haben uns alle frisch gemacht. Alle, bis auf Johan, der führt unseren Eltern während der Wartezeit seine Neuerwerbung in der Einfahrt vor.

Winken, Abfahrt, Richtung Autobahn.

Johan, König der Landstraße, sieht Mick, der neben mir auf der Rückbank sitzt, über den Rückspiegel an und grinst wie ein Hauptgewinner.

»Um genau zu sein, handelt es sich bei diesem Fahrzeug um den Ford Granada Ghia Coupé von 1975, mein junger Freund.«

»Ey, werd nicht zu cool, Brüderchen!«, gehe ich dazwischen.

Doch Mick ist einfach nur begeistert, er winkt ab und drängt sich wieder zwischen die Vordersitze, wo Johan thront und Stefan sich im Beifahrersitz um Haltung bemüht. Immer noch leicht gekrümmt, aber wenigstens keine Tränen mehr in den Augenwinkeln.

»Drei-Liter-Maschine. In elf Komma zwei Sekunden auf hundert. Fährt 182 Spitze!« Johan ist nicht zu bremsen. Ich mache einen Versuch: »Und was verbraucht die Karre?«

Johan kratzt das nicht. »Knapp zwölf Liter auf hundert. Wenn ich drauftrete, na ja, dann wohl mehr.«

»Super!«, sagt Stefan trocken. Und ich bin mir nicht sicher, ob er die Benzinart meint oder ob er sich darüber lustig machen will, dass dieses Auto ein Fass ohne Boden ist.

Wir passieren schweigend die Tankstelle mit der Muschel im Emblem, dann die blaue Tanke als »letzte vor der Autobahn«. Ich lese die Preise und denke: *Wow! Ganz schön teuer!*

Johan fährt geschmeidig und sauber, das muss ich ihm lassen. Sein Vater fährt auch so. Ich erkenne Lars zum ersten Mal in Johan. Das ist ein merkwürdiges Gefühl. Besonders wenn man diese Beobachtung mit der Frage kombiniert, ob ich dann wohl so werde wie Senta. Aber zurück zum Verbrauch, ich rechne aus, dass Johan von hier bis in die nahe Großstadt und zurück etwas um die 13 Euro auf der Straße lassen wird. Mir bleibt die Luft weg.

»Sag mal, Brüderchen … ist dir klar, dass du mit dieser Kiste deine Kohle schneller verheizen wirst, als ich mein Geld verfluchen kann?«

Mick und Stefan wissen nicht wirklich, wovon ich rede. Aber es interessiert sie auch nicht. Sie hängen ihre Köpfe aus dem Fenster und lassen sich nach der Kurve der Autobahnauffahrt begeistert von Johans Geschoss den Atem nehmen, als er beschleunigt. Ich werde in die weiche Rückbank gepresst und die Schilder für Geschwindigkeitsbegrenzung fliegen an uns vorbei.

»Ist dir das klar?«, hake ich nach. Johan deutet lächelnd auf einen Schalter mit kleinen Lämpchen, links neben dem altertümlichen Kassettenradio, aus dem leise *Highway to Hell* klingt.

(Stefan: »AC/DC 1979 – beste australische Single aller Zeiten!«

Mick: »Der Film von '92 war totaler Schwachsinn, aber der Low-Budget-Film von 1990 war nicht schlecht. Nicht zu verwechseln mit dem Filmtitel *Hell's Highway* von 1930 und 2002.«)

Ich überlasse die Fachidioten ihren gegenseitigen Erläuterungen und lasse mir von Johan den kleinen Druckschalter mit den vier blauen Dioden und dem kleinen roten Stern auf dem Schalter erklären: »Das Geheimnis ist Autogas. LPG als Abkürzung für Liquified Petroleum Gas ... Flüssiggas!«

Nun horchen auch die Jungs plötzlich auf.

»Wir fahren mit Gas?«

»Echt? Mit Erdgas?«

»Nein, Erdgas ist ein anderes System. Wir fahren mit einem Gemisch aus Propan und Butan, das flüssig in einem Tank im Kofferraum transportiert wird. Erdgas kann man nur in gasförmigem Zustand tanken. Unter einem viel höheren Druck.«

»Ist Gas nicht gefährlich?«

»Nicht gefährlicher als Sprit. Im Gegenteil ...«

Johan macht sich den Spaß, einmal richtig Gas zu geben (haha...) und überholt ein neues Mercedes Cabrio. Die Tussi am Steuer lächelt meinen Bruder tatsächlich an, als er sie kurz vor dem Tunnel überholt. Doch er ist natürlich zu lässig, um sich mit so einer abzugeben. Er fährt den Granada wie ein König und lenkt sein gasbetriebenes Schlachtschiff in den Tunnel. Die kleineren Wagen verdrücken sich von der linken auf die mittlere und rechte Spur. Wir fahren einen großen Bogen über den Fluss und werden mit einer Menge interessanter Fakten über Autogas und

Ökologie versorgt. Johan hat sich umfassend informiert. Flüssiggas kostet tatsächlich weniger als die Hälfte von Sprit, Tankstellen gibt es in der Umgebung ebenfalls genug. 80 Prozent weniger Schadstoffe, der Motor wird geschont und, und, und.

»Warum fahren dann nicht alle mit Gas?«, will Mick wissen.

»Wieso hören nicht alle Mose Allison?«, gibt Stefan zu bedenken.

»Oder sehen sich alle Folgen der Sopranos hintereinander an?«, nickt Mick.

Drei Männer, die sich verstehen.

Manchmal kapiere ich nicht, was Menschen zu Verbündeten macht. Mick kennt Stefan und Johan keine acht Wochen. Er ist zwei Jahre jünger als Jo und ein Jahr jünger als der Schneider. Obwohl man das nicht unbedingt schätzen würde, wenn Stefan und Mick nebeneinander stehen. Mick ist schon etwas kompakter. Wenn er die Oberarme hebt, schwellen dort Muskeln, die bei mir … lassen wir das. Aber wieso darf er plötzlich mit Johan und seinem Kumpel auf die Überholspur? Es ist mir ein Rätsel.

Ich schiele aus dem Fenster, versuche, meine brennenden Fußsohlen zu vergessen und träume von den Ferien. Schöne Träume. Dieses Jahr wird Lars länger arbeiten müssen. Wir werden nicht gemeinsam in Urlaub fahren. Es ist das erste Mal. Aber um ehrlich zu sein, finde ich es nicht besonders schlimm. Johan hat das Auto, damit fahren er und Stefan nach Schweden, Opa besuchen. Meine Eltern bleiben noch eine Woche hier und reisen dann hinterher. Micks Vater ist im Krankenhaus, deshalb fahren Mick und seine Eltern nicht in Urlaub. Und die liebe Bo bleibt ebenfalls hier. Mick und Bo allein zu Haus. Alles klar? Haha!

Bis vor acht Wochen war ich nicht besonders scharf darauf, meine »Unschuld« zu verlieren. Dieses blöde Wettrennen der anderen Hühner, wer welchen Typen zuerst bekommt. Aber seit ich Michael Berger kenne, ist ALLES anders geworden. Ich verzehre mich nach Mick! Jede Minute, die er nicht an meiner Seite ist, jede Sekunde, die ich nicht an ihm riechen oder knabbern kann, ist für mich verschenkte Zeit. Es geht nicht darum, unbedingt mit ihm zu schlafen. Es wird die Vollendung dessen sein, was wir mit Händchenhalten und Knutschen und – ja doch – auch mal der Hand unterhalb der Gürtellinie getan haben. »Es« bei einem Kaminfeuer zu tun – im Wohnzimmer meiner Eltern. Das ist eine Sache, für den ich gern auf den Familienurlaub verzichte. Denn Mick ist ein Traum! Hoffentlich ist es nicht zu heiß, um den Kamin anzuschüren. Nicht, dass wir deswegen bis zum Herbst warten müssen!

Als Mick und Stefan sich über die Kopfstütze der Beifahrerseite High Five geben, wache ich aus meinem Tagtraum auf. Ich bemerke, dass Mick sein Laptop auf dem Schoß hat und sich durch irgendwelche Listen klickt.

»Was ist los?«, will ich wissen und kassiere eine wütende Gegenfrage von Johan: »Dumme Kuh, wieso hast du mir nicht geholfen? Du kennst dich mit diesem Scheiß doch aus. Auf welchem Planeten bist du denn?«

Da ich schlecht zugeben kann, dass ich einen kurzen Trip mit (T)Raumschiffkapitän Mick auf Planet

Sex im Entjungferungssystem hinter mir habe, benutze ich eine gute alte Taktik, die immer funktioniert. Ich feuere aus allen Rohren zurück: »Guck lieber auf die Straße, du Penner, wie viel hast du diesmal verloren?«

Es ist ein Schuss ins Blaue, aber Johan zuckt zusammen und starrt verbissen über sein Lenkrad hinweg.

»Zwanzig«, flüstert Mick und grinst. Diese Wettleidenschaft der Jungs ist auch so eine neue Macke. Drei Klugscheißer unter sich und immer geht es um Geld.

»Jo wusste den Mittelnamen von James T. Kirk, dem ersten Kapitän der Enterprise, nicht.«

»Tiberius«, murmele ich abwesend und sehe, dass Mick Wikipedia um diese Information bemüht. Stefan und Mick johlen und schlagen Johan auf die Schulter. Erst jetzt fällt mir auf, dass wir nicht mehr auf der Autobahn sind, sondern bereits auf dem Zubringer an McDonald's vorbei in unsere Stadt zurückfahren. So lange war ich auf meinem Traumtrip? Wahnsinn. Doch etwas anderes irritiert mich ebenfalls.

»Wie lautete die Frage denn genau?«

»Wir haben Johan nach dem Mittelnamen des ersten Kapitäns der Enterprise gefragt«, antwortet Stefan von vorn. Der Triumph ist deutlich in seiner Stimme zu hören. Schade, dass ich ihm den Spaß verderben muss.

»Und was hat Johan geantwortet?«

»Nichts!«, sagt Mick und grinst.

»Tiberius, Tiberius ... da kommt ja auch kein Schwein drauf! Der hieß einfach immer James T. (›Tiiih‹) Kirk, verdammt!«

Schade, dass ich meinem Bruder in diesem Fall

helfen muss, denn verdient hat er es ganz sicher nicht. Man denke an seine Geheimnistuerei um den Wagen. Aber Wahrheit muss Wahrheit bleiben. Ich stoße Stefan an, der sich den Zwanziger von Johan bereits hat geben lassen und sage: »Leg noch zwanzig drauf und gib Johan die Kohle.«

»Wieso?«, protestiert Stefan. »Er hat doch nicht geantwortet.«

»Natürlich nicht«, sage ich und versuche, nicht klugscheißerisch zu wirken, da uns die ganze Sache sonst um die Ohren fliegt. Schließlich weiß ich, wie Jungs sind, die glauben, im Recht zu sein. Also lieber bei den reinen Fakten bleiben. So neutral wie möglich: »Der erste Kapitän der Enterprise hatte keinen Mittelnamen. Er hieß Christopher Pike und befehligte das Raumschiff Enterprise in einer Pilotfolge, die der amerikanische Fernsehsender NBC im Jahr 1964 von Gene Roddenberry, dem Erfinder von *Star Trek*, herstellen ließ. Die Pilotfolge hieß *The Cage*. Zu Deutsch: *Der Käfig*. Die Folge wurde von den Senderleuten für zu anspruchsvoll gehalten und verschwand in der Schublade. Erst in der zweiten, komplett neu produzierten Pilotfolge saß Kapitän James Tiberus Kirk auf der Brücke der Enterprise.«

»Das ist Haarspalterei«, wehrt sich Stefan. Mick beginnt, wie ein Geisteskranker auf seinem Laptop herumzutippen. Irgendetwas irritiert mich daran.

»Ihr habt nach dem Mittelnamen des ersten Käptens gefragt und Johan hat geschwiegen. Richtig?«

»Weil er nichts wusste!«

»Das habe ich nicht gesagt«, wendet Johan ein und grinst mich über den Rückspiegel an. Mick tippt und verlangt: »Halt mal an.« Johan schert in die

Bushaltestelle gegenüber von McDonald's ein. Ich bekomme Appetit. Da es leicht fettig von dort herüberweht, läuft mir das Wasser im Mund zusammen. Stefan dreht sich zu mir um, er ist nun richtig sauer und zerknüllt den Zwanziger in seinen verschwitzten Händen.

»Du hast gesagt, sie hätten die Folge in die Schublade getan. Also wurde sie nie gesendet. Dann gilt das nicht! Dann war Kirk der erste Kapitän!«

»Pike hat die Enterprise zuerst befehligt«

»Nie gesendet!«, ruft Stefan laut.

»Er ist mir der Scheiß-Enterprise aber zuerst GEFLOGEN!«, brülle ich zurück, so laut, dass alle im Wagen zusammenzucken.

»Bo hat Recht«, sagt Mick schließlich und dreht den Bildschirm des Laptops zu Stefan nach vorn. Ich beuge mich vor, damit ich besser sehen kann. Eine Homepage mit grauem Hintergrund, die ich kenne, war selbst schon auf *memory-alpha.org*. Auf der Seite ein kleines Bild von der Brücke der Enterprise. Der Typ im Chefsessel ist definitiv nicht Kirk. In der Beschreibung wird Christopher Pike genannt. Stefan, der schlechte Verlierer, nörgelt: »Aber sie haben es nicht gesendet!«

Doch unter dem Bild steht in einem Kästchen: »Orig. Erstausstrahlung 24. 12. 1993.«

»Ja klar«, wehrt sich Stefan kraftlos. »Die zeigen das Ding dreißig Jahre später am heiligen Abend. Sonst noch was?«

Ich lese vor, was unter der Überschrift »Hintergrundinformationen« über die Folge *The Cage* berichtet wird: »Über die Jahre war ein Großteil des Filmmaterials verschwunden oder nur in Schwarz-weiß auffindbar, vorhandene Reste wurden für Talos IV –

Tabu, Teil I und Teil II wieder verwendet. Erst vor einigen Jahren tauchten die vollständigen Filmrollen in Farbe wieder auf, wurden neu zusammengefügt, gemastert, vertont und schließlich veröffentlicht.«

Stefan zerrt mit schmerzverzerrtem Gesicht einen Geldschein aus seiner Hosentasche und reicht ihn Johan, zusammen mit dem Zwanziger, den er ihm vorher abgeknöpft hatte. Ich notiere im Hinterkopf, dass diese Rettung meines Bruders später als Argument für geklaute Erdnussflips und die Spuren davon auf seinem Bett herhalten kann. Dann kapiere ich plötzlich, was mich die ganze Zeit irritiert! Ein riesiges Fragezeichen erscheint in meinem Kopf. »Wie kannst du im Auto auf dem Rechner nachsehen, ob ich Recht habe? Ich meine ... wieso kannst du mit deinem Laptop HIER ins Internet? Im Auto?«, frage ich völlig entgeistert.

»WLAN«, antwortet Mick ungerührt und klickt sich bis zur ersten Folge mit Kirk auf dem Fan-Wiki zum Thema Star Trek durch und grinst mich an.

»Macdoof hat doch 'n Hotspot. Über die kann ich ins Internet.«

Wehlahn? Hottspott? Ich kapiere überhaupt nichts. Muss leider zugeben, dass Computertechnik nicht gerade zu den Dingen gehört, womit ich mich auskenne. (Oder die mich interessieren!)

Die Jungs lachen, Johan ebenfalls. So, als hätte ich ihm NICHT eben erst den Arsch gerettet. Er bekommt gerade rechtzeitig mit, dass es nach Ärger zu riechen beginnt, und erklärt mir eilig: »Das ist wie Funk. Wenn irgendjemand sein drahtloses Netzwerk zur Verfügung stellt, kann man mit der richtigen Hardware über diesen Weg ins Internet. Hast du dich nie gefragt, wieso Papa dauernd mit seinem Laptop im Garten sitzt?«

»Weil er arbeitet?« Falsche Antwort. Johan kriegt sich vor Lachen fast nicht mehr ein und grölt: »eBay! Der surft die ganze Zeit bei eBay herum!«

»Du kannst wieder fahren«, sagt Mick zu Johan und klappt das Laptop zu. »Damit kann ich in ein Funknetzwerk einsteigen … äh … ins Internet gehen, wenn irgendwo ein Netzwerk, also ein Hotspot ist.«

»Die Burgerbude?«, will ich wissen. Mick nickt.

»Und das kostet nichts?«

Mick schüttelt den Kopf. »Solche Hotspots gibt es in Cafés, am Flughafen, halt überall, wo sich Menschen treffen.«

»Die anstatt miteinander zu reden lieber rumsurfen und E-Mails schreiben?«, frage ich, ganz die kritisch recherchierende Journalistin.

Wieder nickt mein Freund. Aus irgendeinem Grund wird Stefan immer kleiner auf dem Vordersitz und erregt mein Misstrauen. Johan schielt mich durch den Rückspiegel an. Ich denke nach. Über den Begriff »Netzwerk« und über Lars, der im Garten sitzt und surft. Obwohl er natürlich in seinem Arbeitszimmer den Rechner mit der Internetverbindung hat.

»Sind die Rechner mit diesem Welahn dann gegenseitig verbunden?«, frage ich Mick. Stefan duckt sich. Ich weiß nicht wieso, aber mich befällt eine Aufregung, als wäre ich gerade mit dem Spaten auf eine geheimnisvolle Kiste im Boden gestoßen. Als hätte ich einen Schatz gefunden. So müssen sich investigative Journalisten fühlen, wenn sie Lunte riechen. Mick sieht mir treu wie eh und je in die Augen. Er kennt mich noch nicht so gut. Er kennt das Mädel nicht gut genug, von dem Opa Samuel, als er mich zum ersten Mal sah, gesagt haben soll: »Das wird eine kluge Frau, so wie meine Margarethe. Mit der bekommt ihr später Ärger.« Na ja, den Ärger haben sie nun täglich und ich bekam Omas Namen als Zweitnamen. Weil die deutschen Behörden »Bo« als einzigen Vornamen nicht anerkennen wollten. Lars wollte unbedingt, dass ich so heiße. Als ich Mick gefragt habe, ob er den Film *Zehn – Die Traumfrau* gesehen hatte, hat er den Kopf geschüttelt und ganz treu gefragt: »Nö, wieso?« Ich glaube, da hat er mein Herz zum ersten Mal erobert. Keine blöden Bo-Derek-die-Traumfrau-hat-deinen-Namen-Witze! Großartig!

Auch jetzt nickt Mick mit dem Kopf und verkündet großherzig (und etwas naiv): »Stimmt. Die drahtlose Verbindung kann auch ein Netzwerk zwischen Computern, das sein.« Johan drückt die Kassette ins Armaturenbrett, die Lars ihm extra auf einem alten Rekorder für das neue Auto aufnehmen musste: *Highway To Hell* kreischt uns wieder entgegen, während wir die Stadt erreichen. Ich muss Johan anfauchen, damit er die Musik wieder abschaltet und ich DIE GANZE WAHRHEIT über Mick und seine neuen Freunde erfahren kann: »Du kannst also mit diesem Ding«, ich deute auf das Laptop, »auf den Rechner bei McDonald's zugreifen?« So was habe ich schon im Fernsehen gesehen. Mick lacht und redet sich immer tiefer rein: »Nee, Firmen schützen ihre Netzwerke meistens. Also, wenn sie ihren Kunden Hotspots anbieten auf jeden Fall. Aber sonst sind sie nicht immer auf Sicherheit bedacht, weil …«

In diesem Moment dreht Stefan das Radio volle Kanne auf!

HIIIIGHHWAYYY TOO HELLLLLLLLLLLLLL!!!
Ich greife nach vorn, drücke die Kassette raus und muss den Impuls unterdrücken, das Scheißding aus dem Fenster zu werfen. Aber ich weiß, wie kostbar dieses Tape für Johan sein muss, denn sonst kann er nur Radio hören – und das hasst er, wegen der schwachsinnigen Kommentare der Moderatoren. Den Protest von vorn ignoriere ich und drücke das Tape in die Polster. Dann wende ich mich wieder Mick zu, der immer noch nicht begriffen hat, dass er sich hier um Kopf und Kragen redet. Mein Bruder, sein Freund und MEIN ERSTER RICHTIGER FREUND brechen in Firmencomputer ein? Deshalb darf Mick (das »Küken«) auch sonst mit Stefan und Johan rumhängen.

»Ihr seid Hacker!«, stöhne ich. Und die Jungs hüpfen im Auto umher wie aufgescheuchtes Federvieh.

DESHALB!

Es ist unglaublich ...

DESHALB?

»Ihr verdammten Arschlöcher!«, brülle ich nach vorn und Johan hält am Straßenrand.

»Willst du aussteigen?«

Ich schreie irgendwas, will Mick vor diesen miesen Typen in Schutz nehmen. Er war dumm, er war naiv, er – für eine Sekunde muss ich mich mit dem Verdacht auseinandersetzen, dass Mick dumm sein könnte, dass er nicht klug genug für mich – Wusch! Schon verdrängt! Und ich bin wieder ganz die wütende Moralistin von der Rückbank. Der von ihrem eigenen Bruder die Tür aufgehalten wird, damit sie aussteigen kann.

»Raus«, sagt er. Mehr nicht. Ich stampfe auf

der Straße herum und brülle was von »angestiftet«, »Straftat« und »Computerkriminalität«, doch bevor der Froschford ganz außer Reichweite ist, rufe ich natürlich »Halt!« und »Es tut mir leid« hinter den Idioten her. Die Kiste bremst. Bleibt stehen. Scheint einen Moment zu überlegen, was als Nächstes kommt. Und heult dann im Rückwärtsgang zu mir zurück. Mein Bruder ist irgendwie cooler geworden, seit er ein Auto hat. Er sieht mich aus dem offenen Fenster an und nuschelt: »Hältst du die Klappe? Dann kannste mit.«

Ich knibbele ein wenig an dem schwarzen Plastikzeug auf dem Dach herum und frage: »Was ist das für ein cooles Dach? Ist das Leder?«

»Vinyldach heißt das. Hältst du die Klappe?«

»Geht aber leicht ab, das Vinyl, wie?«, sage ich und zeige ihm etwas Schwarzes unter meinem Fingernagel. Natürlich nichts von Johans tollem Vinyldach, irgendein Dreck von vorher halt. Und natürlich springt Johan aus seiner neuen Karre, schubst mich zur Seite und inspiziert sein Dach mit Argusaugen. Es ist immer das gleiche mit den Typen, sie fallen so leicht auf Mädels rein.

Wir rasen mit radierenden Reifen in die Stadt. Mick will meine Hand nehmen, doch er kann nicht, denn ich muss etwas Schwarzes unter meinem Nagel entfernen.

WARDRIVING

»Haben wir uns wieder alle beruhigt?«

Aus der zwanglosen Rundfahrt ist eine ziemlich geladene Kiste geworden. Wir sind eine halbe Stunde schweigend durch die Stadt gegurkt und niemand kann den ersten Schritt machen. Mick versucht erneut, meine Hand zu bekommen. Kann er haben, bitte schön. Er entspannt sich. Doch mein Blick signalisiert, dass wir beide noch lange nicht fertig sind!

»Ihr brecht also nicht in fremde Firmencomputernetze ein und spioniert dort nicht herum? Ihr seid keine Hacker, richtig?« Ich gebe mir Mühe, meine Zusammenfassung wie ein Friedensangebot klingen zu lassen. Obwohl es glasklare Fragen sind.

»Wir wollen doch nur ein bisschen Spaß«, sagt Stefan, der mittlerweile aussieht, als ob er dem Tod persönlich begegnet wäre. Schweiß auf der Stirn und alles. Das ist nicht nur Angst vor mir oder die Furcht, aufzufliegen. Es ist schlimmer, fürchte ich.

»Sag mal, ist mit dir alles in Ordnung? Du bist weiß wie 'ne Wand!«

»Schon gut«, nickt er.

»Aber ihr *könnt* in fremde Computer einbrechen?«, frage ich. Und bin mir bewusst, das dies nicht mehr wie ein Friedensangebot klingt.

Johan und Stefan schweigen.

Mick klappt sein Laptop auf. *Er ist die ehrliche Haut unter diesen Verlierern*, denke ich, merke aber bereits, dass Mick in meiner Achtung einen Knacks bekommen hat. Er tippt und klickt ein wenig herum, dann zeigt er mir ein Fenster, in dem merkwürdige Namen erscheinen und verschwinden. »LANTeufel69, BellKing, Maus-i-Net, FRITZ!2025Pidder« und weitere Buchstaben- und Zahlenkombinationen, die mir nichts sagen.

»Der Fritz ist grün, alle anderen rot«, sage ich. Mick klickt auf das rote Mausinet und ein Fenster fragt ihn nach dem Passwort. Mir geht ein Licht auf.

»Dieser Fritzdings ist grün und lässt dich rein. Alle anderen in Rot wollen Passworte.« Mick lächelt mich glücklich an. Noch mag er kluge Mädchen, mit allen erdenklichen Folgen. Noch!

Wieso weiß ich plötzlich, dass mir dieser schöne Mann unterlegen ist???

Mick klickt auf den grünen Fritz und zeigt mir stolz, dass er plötzlich online ist.

»Das ist alles? Ein kostenloser Internetzugang für unterwegs?«

Ein Klick, etwas Ladezeit, zwei weitere Klicks und wir sind bei einer auf der Festplatte, die Ina heißt, deren Internetzugang über eine FRITZ!Box läuft und deren Festplatte wie ein offenes Buch mit vielen interessanten Seiten auf Micks Laptop bereitliegt.

Diesmal kratze ich nicht mit einer Schaufel auf einer im Boden vergrabenen Kiste herum. Ich fühle mich wie Lara Croft, die gerade das Hauptportal zum Taj Mahal, zum Palast des Königs, eingetreten hat! Unglaubliche Schätze liegen vor mir, der aus Berufung Neugierigen. Doch die Begeisterung endet mit dem schlechten Gewissen und kratzt wie eine Nadel über die Schallplatte meines persönlichen Entdeckersoundtracks. »Das ist illegal«, stöhne ich und versuche wegzusehen, während Mick sich mit flinken Fingern durch Inas Urlaubsbilder klickt. Fuerteventura. *Sieht gar nicht schlecht aus*, denke ich, als die etwa Dreißigjährige von einem Boot steigt, in Shorts und Bikini-Oberteil. *Bisschen zergelig vielleicht. Aber schön braun.*

»Geh mal auf den Ordner ›Bali‹«, kommandiere ich Mick durch Inas Computer und ein »Wow!« entfährt mir, als ich Ina einige Jahre älter sehe. Blass wie eine Nacktschnecke und in der Breite um das Doppelte aufgegangen.

Mick klickt sich durch Inas Bilder am Strand, in der Strandbar. Im Hotelzimmer und … Mick hält den Atem an … NACKT! Ina in einer eindeutigen Pose! Das ist kein Wir-liegen-barbusig-am-Strand-Bild. Hier handelt es sich ganz offensichtlich um den leider vergeblichen Versuch einer erotische Bilderserie. Und zwar von einer völlig aus dem Leim gegangenen Blondine. Die bei Mick ihre Wirkung nicht verfehlt, denn er seufzt erschrocken auf.

Johan dreht sich um, weil er gehört hat, wie ich zischend die Luft einziehe, und auch Stefan drängelt sich über seine Sitzlehne, doch dann scheint die Verbindung getrennt und die Bilder sowie Inas Ordner verschwinden vom Bildschirm. Ich bin geschockt. Ich bin erregt. Nicht sexuell – es ist eine neue Erfahrung, in die Privatsphäre anderer Menschen einzudringen. In ihre Welt, die sie auf dem Rechner gespeichert haben, in dem festen Glauben, dass diese Welt dort sicher ist.

Mick klappt das Laptop zu und verkündet genießerisch: »Wir sind zwar jetzt außer Reichweite von Ina. Aber ich denke, Bo ist von nun an dabei. Oder, Bo?«

Ist Micki the Muscle doch nicht so naiv, wie ich dachte? So, wie er mich anlächelt, wirkt er zehn Jahre älter. Ich fühle mich ertappt. Läuft MIR nun der Sabber aus dem Mund? Oder was?

Ich habe in einem fremden Rechner herumgeschnüffelt. So, wie die düsteren Typen im TV. Gehöre ich nun plötzlich nicht mehr zu den Guten? Wenn man auf der Suche nach der Wahrheit ist, dann ist es doch völlig in Ordnung, sich zu informieren, oder?

ODER?

»Ist das nun illegal? Oder nicht?«

»Juristisch gesehen ist Wardriving etwa so, wie anderer Leute Postkarten zu lesen«, sagt Stefan. Er sieht blass und müde aus.

»Du darfst fremde Briefe aber nicht öffnen, damit verstößt du gegen das Postgeheimnis«, entgegne ich.

»Niemand kann dir jedoch verbieten, den Text auf der Rückseite eines Bildes zu lesen, das jemand ohne Umschlag mit der Post verschickt«, hält Johan dagegen.

»Sieh mal, Bo. Hacker überwinden Firewalls, knacken Codes und kopieren Passwörter. Wir sind keine Hacker. Wir sind Wardriver ... Sachensucher. Wie bei Pipi Langstrumpf, Schatz«, grinst Mick mich an.

Mein neuer Freund wird mir plötzlich unheimlich. Habe ich Mick erzählt, dass ich Pipi Langstrumpf liebe? Oder hat der Sachensucher das auf meinem Computer »gefunden«?

ENDSTATION?

Johan kann sich mit seinem neuen Froschford mit Vinyldach einfach nicht sattfahren. Mir ist die Karre immer noch nicht geheuer, obwohl es angenehm ist, herumkutschiert zu werden. Wir cruisen durch die Stadt, hängen die Arme aus den Fenstern und nicken im Takt der Musik. Natürlich hat er die Kassette aus den Polstern von mir zurückbekommen. Aber er hat auch andere Schätze aus den Siebzigern und Achtzigern dabei. Ein Glück, dass Senta nichts wegschmeißen kann, denn so haben wir eine ganze Kiste voll cooler Musikkassetten. Stefan will einfach nicht rausrücken, was mit ihm los ist, aber er sieht nicht mehr so blass aus wie vorhin. Vielleicht hatte er einfach Angst, dass ich die Wardrivertruppe auffliegen lasse, legal oder nicht.

Wir fahren zur Eisdiele, in der ich dreimal die Woche arbeite. Den Ford rangiert Johan umständlich und schwitzend in eine Parklücke vor der Eisdiele. Jo wird wegen der vielen Augenpaare, die jede Lenkbewegung kontrollieren zunehmend nervöser, wuppt einmal über eine Bordsteinkante und macht seine Sache als Einparker der Riesenkiste ansonsten ganz passabel. Ich nehme die Bestellungen auf wie ein Profi, gehe rein und komme mit Megaportionen für die Jungs und mich wieder raus. Wir setzen uns auf den Sims neben der Eingangstreppe der Eisdiele, weil kein Tisch mehr frei ist, und mampfen unsere Eisportionen wie die Hühner auf der Stange. Mit Blick auf den Granada.

»Vielleicht ist die Kiste doch nicht so schlecht, wie ich dachte«, murmele ich mit vollem Mund. Mehr an Lob kann Johan nicht verlangen. Nicht nach seiner Geheimnistuerei. »Kommt ihr damit bis Dänemark?«

»Dreimal hin und zurück. Was denkst du denn!«

»Meinst du, er schafft das auch?«, frage ich mit Seitenblick auf Stefan, der ganz außen neben Mick sitzt und lustlos an seinem Eis nuckelt.

»Ich weiß auch nicht, was der Schneider hat«, antwortet Johan ärgerlich, »Der war die ganze Zeit über okay. Lustig und alles. Ist wie ausgewechselt, seit du ihm auf den Arm gesprungen bist.«

»Vielleicht hab ich was kaputtgemacht.«

»Ja, aber dann kann er sich doch melden!«

»Vielleicht schämt er sich. Er schnüffelt heimlich an meinen Schals im Flur.«

»Weiß ich«, sagt mein Bruder ungerührt.

»DAS WEISST DU?«

Alle drehen sich zu mir um.

Johan zuckt gelassen mit den Schultern.

»Was soll ich tun? Der ist total verknallt in dich.«

»Du lässt ihn aber nicht an meine Schublade mit der Unterwäsche, oder?« Ich meine das als Scherz, aber – Johan springt entrüstet auf und matscht sich sein Eis auf die Brust.

»Hast du sie noch alle?«

»Was ist denn jetzt schon wieder?«, will Mick wissen. Viel zu lässig für meinen Geschmack. Er klingt plötzlich wie der Anführer. Doch Johan hat die Schlüssel und befiehlt: »Los, wir haben was vor.

Aber das Zeug bleibt hier. Mit dem Eis kommt ihr mir nicht ins Auto!« Johan deutet auf einen roten Fleck im Schritt von Stefans Hose, der sein Eis ohne Widerworte in einen Mülleimer wirft und sofort auf den Beifahrersitz klettert.

»Du klingst schon wie Lars.« Er klingt tatsächlich GENAU wie Papa. Das will er natürlich nicht hören, startet den Motor und ruft aus dem Wagen: »Los! Zeugnisausgabe!«

»Wovon redet der?«, will ich wissen. Mick zuckt mit den Schultern. Wir mampfen eilig unser Eis, bis die Augen tränen, doch Lars … äh, Johan hupt andauernd und wir werfen unsere Becher schließlich seufzend in den Müll und steigen ein.

Die Reise führt stadtauswärts. Kurz vor dem Autobahnkreuz biegt Johan am Abenteuerspielplatz links ab. Während wir das alte Haus mit den Proberäumen passieren, in denen sich mein großer Bruder einquartiert hatte, als er noch Rockgitarrist werden wollte, fährt Mick neben mir sein Laptop wieder hoch.

»Was soll das werden?«, will ich wissen, doch Mick legt den Finger verschwörerisch auf die Lippen und startet sein Programm, in dem die erreichbaren Funknetzwerke in grün (Zugang ohne Passwort) und rot (Zugang nur mit Passwort) aufgelistet sind. Als mir der Mund offen stehen bleibt, weil es derart viele Netzwerke sind, die auf Micks Liste erscheinen, (und die meisten davon grün, also ungesichert) deutet er auf das Hochhaus und die mehrstöckigen Wohnblocks links von uns.

»Wofür braucht man in diesen kleinen Wohnungen ein Funknetzwerk?«

»Jeder will mit seinem Laptop, Tablet oder Smartphone durch die Bude laufen und dabei im Internet surfen«, antwortet Mick achselzuckend, als von vorn ein »Achtung, Bullen!« zu hören ist. Johan deutet mit dem Kinn in den Rückspiegel. Mick klappt das Laptop zu und sieht sich so richtig schön auffällig nach allen Seiten um, als der Polizeiwagen an uns vorbeizieht und das »Bitte folgen« Signal aufleuchtet. Durch die Besatzung des Ford geht ein kollektives Stöhnen. Johan folgt dem Streifenwagen nach allen Regeln gesitteter Verkehrserziehung und murmelt dabei die ganze Zeit: »Meine erste Verkehrskontrolle, das ist meine erste Verkehrskontrolle, seid ihr alle angeschnallt? Das ist nämlich meine ERSTE VERKEHRSKONTROLLE!«

Ich will Johan nicht noch mehr verunsichern, aber ich finde nicht den leisesten Hinweis auf eine Möglichkeit mich anzuschnallen. Doch wozu hat man Freunde? Mick übernimmt diesen Part, indem er »Hier hinten ist nix mit Anschnallen, die haben die Gurte vergessen!« ruft.

»Ach, du Scheiße!« Johans Stimme kippt fast. Der Streifenwagen hält vor dem Ford an, Johan hält ein paar Meter dahinter, schnallt sich ab und öffnet die Tür, während die Beamten aussteigen. Den Fahrer kenne ich, fällt mir auf.

»Was machst du denn?«, rufe ich, doch Johan ist schon aus dem Wagen gesprungen und geht eilig auf die Beamten zu. Dann passiert etwas, was ich zunächst nicht begreife, denn die Polizisten gehen in Deckung. Der kleinere der beiden öffnet den Knopf seines Waffenholsters und ist drauf und dran, seine Waffe zu ziehen! Doch der Fahrer, Kürten heißt er, fällt mir wieder ein, ruft sowohl Johan als auch seinem Kollegen etwas zu, das im Wagen nicht zu verstehen ist.

Stefan und Mick starren gebannt durch die Frontscheibe des Granada, doch mich hält es nicht mehr auf dem Sitz. Schließlich habe ich den Bullen mal interviewt, für den mein Bruder gerade seine Hände in die Luft reckt, als wolle er zeigen, was für ein grooßer Junge er ist.

»Steigen Sie bitte wieder in den Wagen, junge Dame!«, ruft der Polizist namens Kürten, aber ich werde den Teufel tun. Der muss mich doch erkennen!

»Bleiben Sie sofort stehen! Sofort! STEHEN! BLEIBEN!«, brüllt Kürten.

Als ich fast neben Johan bin, sehe ich, dass der andere Polizist ein echter Grünschnabel ist, der sich hinter dem Dienstwagen versteckt – was nicht schlimm ist. Aber dass er mit seiner Waffe auf Johan zielte, war mir vorher entgangen. Dass er nun äußerst nervös zwischen meinem Bruder und mir hin- und herzielt, IST schlimm! Ich bleibe wie angewurzelt stehen und rufe einfach, was mir auf Anhieb einfällt. Natürlich immer mit Blick auf den Polizisten mit der Waffe: »Polizeiobermeister Werner Kürten! Bo Goldberg«, rufe ich, strecke meine Hand aus und will auf Kürten zugehen, wie es sich für eine dynamische Jungreporterin gehört. Doch in letzter Sekunde kann ich mich beherrschen. »Ich habe Sie im letzten Jahr wegen der Sache auf dem Rosenmontagszug interviewt. Diese Geschichte mit den Edelsteinen und dem Verbrecher, der als Huhn verkleidet war. Sie haben damals ...«

»Hallo! Hallo? Haaalllooo!« unterbricht mich Kürten immer lauter werdend. Ich sehe erleichtert, wie der andere seine Waffe sinken lässt. Kürten kneift die Augen zusammen, als bräuchte er eine Brille und ich sehe, wie es in ihm arbeitet. Er kommt langsam auf mich zu und braucht anscheinend noch eine Sekunde. Ich lasse sie ihm gern, Hauptsache, keiner der Bullen zielt auf uns. *Warum sind die denn so nervös?*, frage ich mich.

»Warum sind Sie so nervös?«, will Kürten von Johan und mir wissen. Ich muss lachen, kann nicht anders.

»Sie zielen doch auf uns!«

Kürten sieht mich ernst an. Er hat schöne blaue Augen, doch das ist sicher das Letzte, was er jetzt von mir hören möchte.

»Bo Goldberg«, sagt er nachdenklich. »Von der Schülerzeitung, richtig?«

Ich nicke eifrig.

»Warst du ... waren Sie letztes Jahr nicht blond?«

Richtig, deshalb hat er mich nicht erkannt, begreife ich. Natürlich, meine »blonde Phase« lag genau in dieser Zeit. *Mein Gott, wie peinlich ich damals ausgesehen habe*, denke ich und nicke schweigend.

»Was machst du mit diesen Jungs aus Essen?«

»Das ist mein Bruder, kein Krimineller«, antworte ich und deute auf Johan. Kürten starrt an mir und Johan vorbei Richtung Ford. Johan räuspert sich vorsichtig, während ich mich zum Wagen umdrehe. *Wieso »Essen«?*

»Darf ich meine Hände jetzt wieder runternehmen?«

Kürten nickt und Johan lässt seufzend die Arme sinken.

»Aber Sie rühren sich nicht vom Fleck, haben wir uns verstanden?«

»Alles klar.«

»Torsten, du bleibst hier bei den beiden«, befiehlt Kürten dem Jungpolizisten. Der kommt hinter dem Auto hervor und macht einen auf »grimmiger Bulle«. Kürten nähert sich dem Granada vorsichtig und fordert Stefan und Mick gestisch auf, auszusteigen.

»Allgemeine Verkehrskontrolle, meine Herren! Wenn ich bitte mal Ihre Ausweise sehen dürfte …«

Die Jungs stolpern unbeholfen aus dem Wagen. Ich hoffe, dass Mick sein Laptop nicht unter den Arm geklemmt hat, legal hin oder her. Weitere Scherereien können wir echt nicht gebrauchen.

»Was meint er mit ›Essen‹?«, will ich von Johan wissen.

»Wir haben den Wagen in Essen abgeholt. Er meint das Kennzeichen«, knurrt Johan, als dürften wir vor Torsten, dem Jungpolizisten, der durch uns hindurchstarrt wie eine britische Palastwache, nicht offen reden. Tatsächlich beginnt das Kennzeichen des Ford mit »E« – darauf hatte ich nicht geachtet. Allerdings fällt mir unangenehm auf, dass wir wegen dieser Kiste schon wieder in Schwierigkeiten sind.

Kein schlechter Schnitt für knapp einen halben Tag, denke ich sauer.

Kürten kommt zurück und verlangt Johans Ausweis, Fahrzeug- und Führerschein. Er drückt Torsten die gesammelten Papiere in die Hand und geht mit ihm zum Polizeiwagen.

»Die Karre ist doch sauber, oder?«, will ich von Johan wissen. Der schnauft entrüstet auf: »Nein, Bo. Den Wagen habe ich von einem international gesuchten Drogendealer dafür bekommen, dass ich seine Leichen beseitige, die im Kofferraum liegen!

Was glaubst du denn? *Du* bist wohl nicht ganz sauber, wie?«

Ich stoße Johan in die Rippen. Einerseits, weil er mich nicht ungestraft anmachen darf, andererseits, weil Kürten wieder auf uns zukommt und ich will, dass Johan endlich die Klappe von Leichen, Drogen und Dealern hält, bevor einer der Polizisten etwas davon in den falschen Hals bekommen kann.

Kürten kommt zurück. »Wir prüfen die Papiere, das dauert einen Moment.«

»Warum haben Sie uns überhaupt angehalten?«, will Johan wissen und klingt dabei nicht so freundlich, wie ich es mir wünschen würde.

»Der Kollege ist in der Ausbildung. Wir üben im Moment das Prozedere der allgemeinen Verkehrskontrolle.«

»Na, großartig«, antworte ich, »Wir werden fast erschossen, weil die Grünschnabelpolizei wahllos Autos anhält und Kontrollen üben muss?«

Ein Fehler, ein Fehler, ein riesengroßer Fehler – ich bemerke es, als meine zickige Tirade bereits raus ist, und Kürten mich schweigend mustert. Dann wendet er sich an Johan.

»Dem Führerscheindatum nach ist das Ihre erste Kontrolle?«

Johan nickt.

»Wenn ich Ihnen einen Rat geben darf, dann bleiben Sie nächstes Mal sitzen, bis ein Beamter zu Ihnen ans Fenster gekommen ist. Bleiben Sie einfach ganz ruhig sitzen und lassen Sie die Hände sichtbar am Lenkrad.«

»Ich ... ich wollte nur, äh ... weil meine Kumpels hinten nicht angeschnallt waren, wollte ich Ihnen ...

Also, ich weiß auch nicht ... « Er bricht ab, Kürten lächelt und ich würde Johan am liebsten eine reinhauen.

Kürten geht zum Auto und legt eine Hand auf das Vinyldach. »Schöner Wagen.«

»Ich habe ihn gerade erst geholt ... Ich meine, gekauft habe ich ihn ... in, äh, Essen.«

»Das Fahrzeug ist nicht auf Ihren Namen zugelassen?«

Johan schluckt und schüttelt den Kopf. Stefan und Mick sehen erst den Polizisten, dann Johan und mich an. Ich glaube einen Moment lang, die heiße Luft würde knistern, doch das Geräusch kann auch aus der Motorhaube des Ford kommen, den der Polizist wahrscheinlich gleich einkassieren wird.

»Dann ist das eine Überführungsfahrt, richtig?«

Bevor jemand »Nö, Herr Wachtmeister, wir gurken nur zum Spaß durch die Stadt und brechen in fremde Computer ein«, sagen kann, bestätige ich seine Theorie nickend und wortreich, bis Kürten zu Johan leise etwas sagt und mit hochgezogenen Augenbrauen zum Polizeiwagen geht.

»Was hat er gesagt?«, will ich wissen. Johan grinst.

»Was hat er denn zu dir ...« Diesmal stößt mich Johan in die Rippen, so dass mir keuchend die Luft wegbleibt.

»So, meine Herren.« Kürten reicht den Jungs ihre Papiere zurück. Erst jetzt fällt mir auf, dass er meinen Ausweis überhaupt nicht sehen wollte, und ich komme mir einen Moment lang diskriminiert vor. Bis mir einfällt, dass er mich ja von dem Interview her kennt. Kürten schiebt seinen Azubi vor, der sichtlich nervös klingt: »Also, Herr Goldberg, wir haben Sie angehalten, weil Ihr rechtes Bremslicht nicht funktioniert.«

Es folgt eine unglaublich langwierige Prozedur, in der Kürten Johans Kaufvertrag prüft und Torsten von Kürten lernt, wie man ein Auto auf Verkehrstauglichkeit testet. Mit dem Ergebnis, dass er Johan schließlich fragt, ob er mit einem Verwarngeld von fünfundzwanzig Euro einverstanden sei. Für einen Verbandskasten mit abgelaufenen Haltbarkeitsdatum (absurd, aber wahr!), zwei abgefahrene Hinterreifen und das defekte Bremslicht. Was soll mein Bruder dazu sagen? Er nickt schweigend und zückt zähneknirschend seine Kohle.

»Kein Bargeld, diese Zeiten sind vorbei«, erklärt uns Kürten. Er scheint darüber selbst nicht besonders begeistert zu sein und füllt eine Mängelkarte aus. Der Jungbulle holt ein Ding aus dem Streifenwagen, das einem übergroßen Taschenrechner ähnelt und zieht Johans EC-Karte durch einen Schlitz. Es piept, wir stehen herum und warten. Es passiert einen Moment lang nichts. Kürten nimmt dem Frischling das Gerät ab, starrt ungeduldig auf das Display und zieht Johans Karte erneut durch den Schlitz.

Piep. Warten. Nichts.

Die Polizisten wiederholen das Spielchen, bis beiden der Schweiß auf der Stirn steht. Ich biete Bargeld an – keine Chance. Ich reiche ihnen meine EC-Karte: Dreimal Piep. Dreimal Warterei. Dreimal kein Ergebnis.

Stefan hat keine Karte dabei. Erst als ich Mick fast schon anflehe, erbarmt er sich und seine EC-Karte wird durch den Schlitz gezogen. Wir stöhnen alle erleichtert auf, als das defekte Scheißteil endlich den ersehnten kleinen Belegzettel ausspuckt, wie eine Registrierkasse. Johan bekommt seine Mängelkarte, den Kassenbon und den Hinweis von Kürten, dass er das Bremslicht reparieren lassen und neue Hinterreifen aufziehen lassen soll. Den Wagen außerdem innerhalb der nächsten Tage ummelden muss. Dann – ENDLICH! – verabschieden sich die Beamten und fahren davon.

Wir sitzen bedröppelt im Granada und starren eine Weile lang schweigend durch die Fenster, während Johan erst seine EC-Karte frustriert betrachtet und dann seine ganzen Papiere wieder verstaut.

»Die Show ist vorbei, fahren wir nach Hause«, sage ich leise.

»Nix da!«, knirscht Johan durch die Zähne, startet den Motor und rast mit rauchenden Reifen aus der Parklücke. Wir werden in die Sitze gedrückt, während Johan befielt: »Mick, wirf deine Kiste an!«

»Was hast du vor?«, will ich wissen.

»Du hältst jetzt endlich mal die Klappe, hast du kapiert, Bo?« So habe ich meinen Bruder schon lange nicht mehr erlebt.

»Warum bist du sauer auf mich?«

»Ich bin scheißverdammtnochmal generalsauer!«, flippt Johan aus, aber das ist noch nicht alles. Wer wissen will, woher ich das mit dem Fluchen habe, ist in diesem Moment an diesem Ort genau richtig, denn Johan hält an, steigt aus und führt in der sengenden Sonne einen kleinen Veitstanz auf, indem er immer wieder gegen die Hinterräder des Granada tritt: »Ich bin oberbeschissen-polizeikontrolliert-abgezockt-megakack-SAUER! Die verfickten Reifen, die Drecksreparaturen ... das frisst meine ganze Kohle auf, die ich für den Urlaub brauche, Himmelarsch!«

Wir sitzen ganz still im Wagen. Keiner traut sich etwas zu sagen, bis Stefan murmelt: »Du hast doch eben erst die Wette gewonnen.«

»Verdammte Kacke, was?«, brüllt mein Bruder von draußen.

»Keine Kacke, Geld«, murmelt Stefan. »Ich kann dir auch was von meinem Urlaubsgeld leihen, wenn du willst.«

Ich pruste zuerst los. Mick stimmt mit ein. Dann kichert plötzlich auch Stefan. Johan steht schwitzend mit hochrotem Kopf vor seinem neuen froschgrünen Ford Granada Ghia Coupé und betrachtet kopfschüttelnd die drei Gestalten im Inneren des Wagens, den unser Vater von nun an »das Fass ohne Boden« nennen wird und den ich für den Ursprung einigen Unglücks halte, obwohl ich sonst absolut nicht abergläubisch bin.

Zuerst versucht Johan wütend zu bleiben, doch Stefan, Mick und ich gackern und wiehern, kichern und grölen, bis wir keine Luft mehr bekommen und uns die Tränen über die Wangen laufen. Und als Johan sich endlich beruhigt hat und er schließlich selbst am lautesten mitlacht, als wir ein paar Straßen weiter in einem Wendehammer anhalten und Mick den Computer hochfährt, reicht ein Stichwort wie »Torsten«, um uns alle wieder grölend auf die Schenkel zu schlagen. Das war ein teurer Spaß, aber ich habe schon lange nicht mehr so gelacht wie nach dieser Polizeikontrolle.

Ich reibe mir leise glucksend die Tränen von der Wange, während Mick neben mir auf der Rückbank aus glasigen Augen konzentriert auf seinen Bildschirm starrt. Um den Wendehammer herum stehen großzügige Einfamilienhäuser aus den sechziger Jahren. Obwohl ich die Fahrtstrecke wegen unseres albernen Geschreis nicht so genau mitbekommen habe, glaube ich, dass wir im Dichterviertel, vielleicht aber auch im daneben gelegenen Malerviertel stehen. In beiden Wohnvierteln gehen von den ruhigen Nebenstraßen in regelmäßigen Abständen kurze Sackgassen ab. In einer davon wohnt meine Freundin Lisa, doch in der hier war ich noch nie.

»Ich bin drin!«, schnauft Mick begeistert.

»Ach, ja? Ich merke nichts«, kichere ich übermütig, doch keiner lacht. Stefan und Johan drehen sich zu Mick um, die ganze Albernheit ist verflogen und ich bin für die Jungs überhaupt nicht mehr anwesend.

»Aber er benutzt einen Mac. Kein Windows!«

Johan und Stefan stöhnen frustriert. Ich kapiere nicht, was an einem Mac falsch sein soll, habe selbst ein Macbook von Apple. Aber der Glaubenskrieg um Windows und Apple ist sogar noch älter als die Streits zwischen Johan und mir, glaube ich.

»Wer benutzt Mac? Was ist falsch an Apple?«, frage ich und bekomme keine Antwort.

»Ich komme in seinen Rechner, aber die Hierarchie ist anders. Ich weiß überhaupt nicht, wo ich suchen soll«, sagt Mick und tippt wie ein Geisteskranker auf seiner Tastatur herum.

»Was sucht ihr denn? Bei wem?« Bo ist unsichtbar, unhörbar. Die Jungs fachsimpeln und beraten, ich kapiere weniger als ein Drittel. Wer wohnt hier? Auf was haben die es abgesehen? Da ich keine Antwort bekomme, zwänge ich mich an Stefans Sitz vorbei und steige einfach aus. Ich gehe an die nächste Haustür und sehe mir das Klingelschild an: »Breitner«. Mhm. Kenne ich nicht. Johan ist mir nachgelaufen und zerrt mich aus dem Vorgarten der Breitners zum Ford zurück. »Was machst du denn? Hast du sie noch alle?«

Ich reiße mich von meinem Bruder los und frage ein wenig lauter, damit ALLE es in dieser Straße hören können: »Bei WEM sucht ihr WAS?«

»Schschscht! Bo, mach keinen Aufstand, bitte!«, fleht Johan. Ich stemme meine Hände in die Hüften und komme mir einen Moment lang wie meine Mutter vor. Johan gibt klein bei: »Wir sehen auf Kretschmanns Rechner mal nach Zeugnissen und so.«

»Was?!« Ich bin echt entsetzt. Die beiden Idiotenfreunde Johan und Stefan haben MEINEN ERSTEN RICHTIGEN FREUND eingespannt, um Zeugnisse vom Computer des Lehrers zu klauen? Zu manipulieren? Oder was?

»Warum Zeugnisse? Die habt ihr doch schon!«

»Nur so, ist doch egal. Was geht dich das überhaupt an?«

»Alles klar, Brüderchen!« Ich marschiere über die Straße zum Nachbarhaus der Breitners, ohne weiter mit meinem gehirnamputierten Bruder zu diskutieren. In einem dieser Häuser wird Kretschmann wohnen. Ich kenne den Lehrer, weil ich in der sechsten und siebten Klasse bei ihm Englisch hatte. Nicht, dass wir besonders gut miteinander ausgekommen wären – man könnte sagen, ich habe diese Sprache *trotzdem* ganz gut gelernt. Aber, dass die Idioten sich ihre Schullaufbahn mit der schwachsinnigen Idee ruinieren wollen, online mit Abiturzeugnissen herumzuspielen, kann ich nicht zulassen. Wenn das rauskommt, fliegen sie! Werden für immer entschulisiert! Johan wird bis zur Rente Rinderhälften für den Zerlegebetrieb im Industriegebiet teilen, Stefan wird Busfahrer oder Hausmeister. *Und Mick? Mein muskulöser Mick?*

Ich darf überhaupt nicht darüber nachdenken! Lieber marschiere ich direkt und ohne Erklärung bei Kretschmann in die Bude und ziehe den Stecker seines ungesicherten Rechners aus der Dose! *Dann ist es vorbei mit dem Datenklau! Ich rette die –*

»… sag mal, hörst du mir überhaupt zu?«

»Nein. Ich will nichts mehr hören!«

»Du klingst wie Mama«, lacht Johan. Auf dem Klingelschild neben der Tür steht: »Bergmann«. Das ist schon ziemlich nah dran, aber ich werde nicht aufgeben, Kretschmann zu finden und dränge an meinem Bruder vorbei, der auf mich einredet: »… doch nur ansehen! Nicht verändern oder stehlen, oder so was. Wir wollen uns seine Festplatte nur ANSEHEN!« Johan ist lauter geworden als ich. Dann hupt es auch noch aus dem Ford.

»Sollen die Bullen hier aufkreuzen, oder was? Davon hatte ich gerade 'ne Überdosis!«

»Wieso bist du so nervös? Wir tun nichts Ungesetzliches!« Johan lächelt mich tatsächlich an, während er das sagt und mich zum Auto führt. Stefan steckt seinen Kopf aus dem Fenster und ruft: »Mick hat es geschafft. Kommt her!«

»Außerdem wohnt Kretschmann natürlich nicht in DIESER Straße, Darling! Das ist die Rückseite seines Gartens«, sagt Johan, deutet großbrüderlich grinsend auf einen niedrigen Jägerzaun mit Tannen und steigt ein.

Durch ziemlich alte Tannenbäume hindurch, die vielleicht vor zwanzig Jahren als Sichtschutz gepflanzt wurden und heute kaum noch dazu taugen, kann ich im Garten Kretschmanns Haus erkennen. Sehe die Panoramascheibe des Wohnzimmers und erkenne sogar, dass der Fernseher im Hintergrund flimmert. In einer Ecke neben dem Fenster leuchtet der Bildschirm eines Laptops neben einer ausgeschalteten Schreibtischlampe, der Schreibtisch scheint nicht besetzt, Kretschmann kann ich auch sonst nirgendwo entdecken.

Ich zwänge mich wieder auf die Rückbank neben Mick, der Johan gerade erklärt: »Ich weiß nicht, ob ich was finde. Das ist alles irgendwie anders auf diesen verdammten Applekisten.«

Ich bin ganz still und stumm, erleichtert über Apples wegweisende Technologie, besonders in Sachen Datensicherheit. Doch Mick ergänzt: »Kretschmann arbeitet allerdings auch mit dem Office-Paket, also mit Word, Excel und anderen Microsoft-Programmen, das ist dann wieder einfach.«

Wir schaffen es also doch noch in den Knast. Herzlichen Dank, Bill Gates!, denke ich.

Mick fährt plötzlich aufgeregt fort: »Da sind sie! Ich habe die Zeugnisse!«

»Wo denn?« Stefan beugt sich neugierig zum Bildschirm.

»Sie liegen als Dateien in Kretschmanns Mailprogramm.«

»Ey, was machst du denn?«

Mick fummelt auf der Tastatur herum. »Mal sehen, was Kretschi für Mails bekommt.«

»Bist du verrückt?«, ruft Stefan.

Wenn ich die ganze Prozedur bis jetzt nicht hundertprozentig verstanden habe, ändert sich das in dem Augenblick, als auf dem Bildschirm von Micks Computer das Fenster mit Kretschmanns Maildateien erscheint. Im oberen Teil werden fett angezeigte Mails geladen, etwa sechs bis acht Stück. Ich erkenne das Programm von Microsoft, mit dem ich selbst E-Mails sende und empfange. Mir wird klar, dass Stefan gerade Kretschmann elektronische Post liest, was ich ungeheuerlich finde. Dann kapiere ich, dass in dieser Sekunde die neuen E-Mails von Kretschmann abgerufen werden – UND ZWAR VON MICK! Aber was mir wirklich das Blut in den Adern gefrieren lässt, ist die Befürchtung, dass das Programm nach dem Laden der Mails einen Ton erklingen lassen wird, der den Eingang der E-Mails bestätigt.

Während Stefan verwundert sagt: »Hä? Was soll das denn? Das ist ja die Mailadresse meiner Schwester«, spähe ich aus dem Fenster des Ford durch die alten Tannen in Kretschmanns Garten, kann mich kaum bewegen, denn ich weiß, bin mir sogar fast sicher, dass auf Kretschmanns Computer der gleiche Dreiklang zu hören sein wird. Und wenn sich der Lehrer in diesem Moment im Raum befindet? Er wird sich über das Eigenleben seines Rechners wundern, oder etwa nicht?

»Sagt mal, Leute …«, ich komme nicht weit, denn Stefan flippt auf der Rückbank plötzlich völlig aus. Er zerrt Mick, der in der Mitte sitzt, das Laptop aus der Hand, starrt auf den Bildschirm und hat Tränen in den Augen. »Diese Sau! Kretschmann! Du … verdammte Sau!«, stammelt er und zittert am ganzen Körper. Dann reißt er die Tür des Ford auf und springt aus dem Wagen. Micks Laptop poltert aus dem Wagen auf den Bürgersteig und gibt ein hässlich knarzendes

Geräusch von sich. Vor Schreck kann ich mich keinen Millimeter von der Stelle rühren.

Ich beobachte zwei Dinge: Im Vordergrund versucht Stefan über den Jägerzaun zu klettern, gefolgt von Mick, der ihm blitzschnell hinterhergerannt ist und den total ausgeklinkten Typen nur zu fassen bekommt, weil Stefan sich mit seiner viel zu großen Hose am Zaun verfangen hat.

»Starte den Motor«, sage ich zu Johan, und beobachte gleichzeitig im Hintergrund, wie Kretschmann im Wohnzimmer an seinen Schreibtisch geht und auf den Monitor schaut.

Er hat es gemerkt, denke ich. *Wenn Kretschmann sich jetzt umdreht, weil sich in seinem Garten zwei Typen wie tollwütige Hunde fetzen, dann sind wir geliefert …*

Es passiert alles gleichzeitig:

Kretschmann dreht sich um!

Johan startet den Motor.

Mick zerrt Stefan über den Zaun, stopft ihn auf die Rückbank und wirft das Laptop hinterher. Er kann gerade noch reinspringen, da rast Johan bereits los. Sogar die Tür steht noch offen! Stefans Geschrei, er liegt total verbogen auf mir, mischt sich mit Kreischen der Reifen, die ihr restliches Profil auf der Straße in Form eines Halbkreises hinterlassen. Der Motor des Ford heult auf, als Johan Gas gibt, es können aber auch Johan oder Mick sein, so genau ist das nicht mehr zu unterscheiden. Der Lärm im Wagen ist ohrenbetäubend, und ich kann nur einen einzigen Gedanken fassen: ER HAT UNS GESEHEN! ER HAT UNS GESEHEN! ER HAT UNS …

»Ist ja gut, Bo! Wir haben es gehört«, ruft Johan.

Offensichtlich bin ich es, die am lautesten schreit. Dazu habe ich allen Grund, finde ich. Um den absoluten Horror dieser Veranstaltung perfekt zu machen, sehe ich durch das Rückfenster, wie Kretschmann über seinen Gartenzaun hechtet und auf die Straße rennt, während wir aus der Sackgasse schießen. Dann fühle ich etwas Feuchtes in meiner Hand. Es ist alles so unglaublich furchtbar – keine Ahnung, worüber ich mich zuerst zu Tode erschrecken soll: Darüber, dass Kretschmann uns in dieser auffälligen Kiste gesehen hat und in den Knast bringen wird? Oder darüber, dass Stefan sich offensichtlich in die Hose gepinkelt und ich es in die Hand bekommen habe. Der bescheuerte Typ liegt mit seinen langen Gräten völlig verheddert auf mir und weint wie ein kleines Kind.

»Komm, ist doch nicht so schlimm«, lüge ich und versuche mit Micks Hilfe, Stefan auseinander zu falten und aufzurichten.

»Es tut so weh«, stammelt Stefan. Ich würde den Zusammenhang zwischen Kretschmann, Stefans Zwillingsschwester Katrin und seinem Problem zu gern auf die Reihe kriegen.

»Wieso ist er denn dermaßen ausgeflippt?«, frage ich Mick. Doch der zuckt mit den Schultern und seine Oberarmmuskeln spannen sich, als er Stefan aufrichtet. Ich finde den Anblick für eine Sekunde sexy, bis Mick mich völlig entsetzt ansieht: »Oh, Mann, scheiße! Bo, du bist voller Blut!«

Ich betrachte meine Hände. Er hat völlig Recht. Doch nicht ich bin es, die blutet: Der gesamte Schoß von Stefans Khakis, sein Schoß und natürlich meine Hände triefen – von Blut! Mir wird schlagartig schlecht.

»Wir müssen sofort ins Krankenhaus!«, ruft Mick nach vorn.

»Was ist mit ihm?«, will Johan wissen und Mick beginnt, den sich wehrenden Stefan zu untersuchen. Ich kann mich nicht rühren, werde gern die Sirene für diesen Notfall übernehmen, denn Blut ist etwas, das mich wahnsinnig macht. Schon ein Tropfen auf der Fingerspitze bei einer Blutabnahme ist der blanke Horror für mich! Aber dieses Gemetzel auf der Rückbank übersteigt alles, was ich bisher erlebt habe ... Ich bin mitten in einem Splattermovie gelandet!

Man kann mir also wirklich nicht übel nehmen, dass ich – besonders nach diesem ganzen Stress – den Geruch und das schmatzende Geräusch von Micks blutigen Händen auf Stefans blutigem Bauch nicht weiter ertrage, sondern einfach ohnmächtig werde: Kurz bevor Johan das Krankenhaus erreicht, gehen bei mir die Lichter aus.

LICHT AN!

»Hey, Bo. Schätzchen … Wach auf! Hallo!«

In meinem Gehirn breitet sich der Geruch von Säure aus, während ich die Worte höre. Diese Stimme kommt mir bekannt vor, aber der Gestank! Ekelhaft! Ich reiße die Augen auf, kneife sie sofort wieder geblendet zusammen und starre in das Gesicht meines Vaters, der sich über mich beugt und die Lampe verdeckt, die sich als flimmerndes Abbild in meine Netzhaut brennt. Ich liege in einem Bett auf einem kahlen Flur.

»Bin ich im Krankenhaus? Was stinkt hier so?«, will ich wissen.

Lars nickt lächelnd. »Der Pfleger hat dir etwas unter die Nase gehalten, damit du wieder wach wirst, Bo. Du warst ohnmächtig. Was war los?« Seine Sorge um mich steht ihm ins Gesicht geschrieben.

Ich atme tief ein und muss die Tränen unterdrücken, denn auf einmal kommt alles wieder: Der verwundete Stefan, der Lehrer, dessen Computer wir geknackt haben … Beim Gedanken an das ganze Blut traue ich mich nicht, meine eigenen Hände anzusehen. Doch ich fühle, dass Lars meine Hand hält. So schlimm kann es also nicht sein. Doch der Gedanke an den Anblick in Johans Granada, zusammen mit dem Blut und diesem ekelhaften Geruch … Ich beginne zu würgen und Lars hält mir eine nierenförmige Metallschale unter das

Kinn. Ich werde von einem Krampf geschüttelt und kotze in die Schale. Dann eine kurze Pause, Luft holen und husten. Lars streicht mir durchs Haar und lächelt. Ich weiß, dass er sich Sorgen macht und sicher auch traurig ist. *Was weiß er?*, frage ich mich während des zweiten krampfartigen Erbrechens.

»Was ist denn bloß passiert?«, will er wissen.

Er weiß also nichts. *Danke, Gott*, denke ich. Denn Lars würde niemals lügen, um etwas aus mir herauszukitzeln. Trotzdem kommen Lars, ein fremder Opa und ein Pfleger auf dem Flur in den Genuss meiner dritten Kotzattacke in die silberne Nierenschüssel. Mann, ist das peinlich!

Als die eklige Schüssel verschwunden und das Gewürge vorbei ist, wasche ich mein Gesicht auf der Toilette und spüle mir den Mund etwa achthundert Mal. Lars hat erzählt, dass Stefan okay ist. Johan und Mick haben uns in die Notaufnahme gebracht. Die Ärzte stellten fest, dass es sich nicht um ein Massaker handelte (wonach es echt aussah!), sondern um eine Operationsnarbe, die bei Stefan wieder aufgeplatzt ist. Lars lächelte ziemlich merkwürdig, als er von »der Narbe« sprach.

Ich spucke einen neuen Schwall Wasser in das Waschbecken und begutachte mein Gesicht im Spiegel. Zum ersten Mal ähnele ich meiner Familie in der Hautfarbe. Mir ist immer noch schlecht, trotzdem bin ich neugierig, welche Operationsnarbe bei Stefan derart geblutet haben soll. Hat er sich deshalb gekrümmt, als ich ihm in der Garageneinfahrt auf den Arm gesprungen bin? Ist deshalb etwas bei Stefan gerissen oder geplatzt? Diese Fragen lassen eine Welle schlechten Gewissens über mir zusammenschlagen. Ich starre in den Spiegel, ohne etwas zu sehen, parke die Sache weit hinten in meinem Hirn, spucke aus und will endlich nach Hause – Zähne putzen!

Im Flur warten Lars und Johan auf mich. Mein Freund Mick lässt sich entschuldigen, teilen sie mir mit. Er habe Basketballtraining.

»Dieser Arsch!«, rege ich mich auf. »Den interessiert überhaupt nicht, wie es mir geht. Mick ist nicht mehr mein Freund!« Ich stapfe voraus, durch den Haupteingang in die Sonne. Es tut gut, das schlechte Gewissen aus dem Waschraum gegen Sonne und Wut zu tauschen. Johan reicht mir mein Handy, zusammen mit meiner Jacke.

»Du sollst ihn bitte sofort anrufen, hat Mick gesagt. Sobald du aus der Klinik kommst.«

»Von wegen«, antworte ich, schalte das Telefon aber trotzdem ein. Wer weiß, was ich in der Zwischenzeit verpasst habe … Es piept alarmierend und ich lese auf dem Display: »Sim-Karte ungültig«.

Bis wir vom Haupteingang bis zum Parkplatz gekommen sind, schalte ich mein Handy viermal an und wieder aus und bekomme immer die gleiche Meldung.

»Merkwürdig, mein Handy funktioniert nicht«, sage ich, als wir neben Lars' Saab auf dem Parkplatz stehen. Der Saab parkt direkt neben Johans Granada. Ich versuche, nicht durch die Seitenscheibe auf die dunklen Flecken der Rückbank zu starren. Johan reicht mir sein Telefon.

»Ich rufe Mick nicht an, das kannst du vergessen!« Johan fällt auf, dass auch er sein Handy im

Krankenhaus ausgeschaltet hatte und drückt ein paar Tasten.

PIEP!

»Wer von euch erklärt mir denn, was passiert ist?«, will Lars wissen.

Ich zucke mit den Schultern und sehe Johan an. Der beschäftigt sich extra konzentriert mit seinem Telefon.

PIEEP! »Verdammt!«, flucht Johan und tippt konzentriert auf sein Handy ein. Lars will wissen, mit wem ich fahre. Ich habe die Wahl zwischen dem Fahrzeug der Inquisition oder dem Wagen des Blutes. Es ist nicht leicht –

PIEEP! »Himmelarsch!«

– doch ich ertrage lieber den Ford. Anstatt der bohrenden Fragen meines Vaters. Obwohl ich sicher bin, dass er auch später nicht aufgeben wird. Doch ich entscheide mich für das Blut-und-Rockmobil meines –

PIEEP! »Scheißding!«

– aufgebrachten Bruders, der sein Handy durch das offene Fenster in den Granada feuert. Wenigstens kann ich vorn sitzen und muss nicht mehr nach hinten, auf die Blutbank. (Würg)

Johan tut so, als wüsste er nichts über Stefans Verletzung, sosehr ich ihn auf der Fahrt nach Hause auch löchere. Als ich ohnmächtig wurde, hat Mick sich um Stefan und mich gekümmert und bereits Minuten später zerrten Notärzte Stefan in den OP.

»Ab dann Nachrichtensperre. Weitere Informationen nur für seine Verwandten.«

Damit muss ich mich wohl oder übel zufrieden geben.

Johan biegt hinter Lars' Saab in die Umgehungsstraße ein. Der Granada ruckelt ein wenig. Johan schaltet einen Gang zurück, gibt Gas und wir ballern am Sportpark und dem Zoocenter in der alten Mühle vorbei. Dann setzt der Motor aus.

»Hast du 'ne Ahnung, warum Stefan ausgeflippt ist?«, frage ich Johan. »Ich meine die Sache mit seiner Schwester. Bevor er zu bluten begann?« Allein bei dem Gedanken an die Rückbank bekomme ich eine Gänsehaut. Doch Johan antwortet nicht, denn er ist damit beschäftigt, den rollenden Granada wieder zu anzuwerfen. Der Motor startet hustend und wir ruckeln weiter. Mir fallen spontan etwa tausend blöde Witze über Fahranfänger und Führerscheinneulinge ein. Ich kann mich beherrschen.

Der Saab, unsere Familienkutsche, zieht bei Spätgelb vor uns über die Kreuzung und Lars verschwindet im Verkehr. Der Granada verstummt erneut.

»Typisch, immer auf der Jagd nach der Ampelphase«, brummelt Johan und dreht den Zündschlüssel.

»Das muss eine Mail gewesen sein, die Katrin an Kretschmann geschrieben hat«, überlege ich laut, während Johan fluchend den Anlasser rotieren lässt. Der Granada will nicht anspringen. Die Ampel vor uns schaltet auf Grün. Es beginnt ein Hupkonzert. Menschen gestikulieren in ihren Wagen hinter dem verreckten Ford und versuchen, in die zweite Spur einzuscheren, um vorbeizukommen.

»Das gibt es doch nicht!«, ruft Johan gestresst und lässt den Anlasser drehen. »Erst meine Scheckkarte, dann das Handy und jetzt der Granada!«

»Wie meinst du das? Was ist mit deiner Karte?«

»Du warst doch dabei«, antwortet Johan, »als die Bullen mit ihrer Gebührenkiste kein Geld von meiner Karte abbuchen konnten.«

Mich beschleicht ein ungutes Gefühl. In diesem Auto fühle ich mich sowieso nicht mehr wohl, besonders nicht als Verkehrshindernis, doch es ist nicht nur das.

»Moment, deren Gerät war kaputt. Mit meiner EC-Karte ging es doch auch nicht.«

»Mit dem Gerät war alles in Ordnung. Micks Karte funktionierte auf Anhieb«, antwortet Johan. »Irgendwas stimmt mit meiner Karte nicht mehr. Im Krankenhaus ist ein Geldautomat. Ich war dort, als du flachgelegen hast.«

Ich bekomme eine Gänsehaut. »Und?«

»Nix und … keine Kohle! Kein Telefon mehr und diese verfickte Scheißkarre ist auch hinüber!« Johan hämmert wütend auf das Lenkrad ein.

Neben Johan hält ein Lieferwagen. Der Fahrer brüllt Johan durch sein offenes Beifahrerfenster etwas zu, doch wir verstehen nichts, da das Hupkonzert hinter uns immer lauter wird, weil nun beide Wagen alle Fahrspuren verstopfen. Der Lieferwagen beugt sich dem Hupkonzert und fährt ab.

»Was hat er gesagt?«, frage ich.

»Bananen im Arsch, oder so«, antwortet Johan sauer und betätigt den Anlasser erneut. »Gleich ist die Batterie leer. Kacke!«

Es klopft an mein Fenster. Ein lächelnder alter Mann steht auf dem Bürgersteig und bedeutet mir seelenruhig, dass ich das Fenster runterkurbeln soll. Was ich natürlich sofort mache. Zum Gehupe und Georgel kommt auch noch Gebell. Ein Dackel flippt neben dem Rentner herum, als wolle er nicht, dass der Mann mit uns spricht. Ich verstehe erst beim dritten Anlauf, dass unser Problem anscheinend irgendwie mit dem Heck des Granada zu tun haben soll. Der Mann hustet bereits, so sehr musste er sich anstrengen, um mir das klarzumachen. Der Dackel bekommt bald eine Herzattacke (hoffe ich). Johan und ich steigen aus und der Rentner führt uns hinter den Granada. Es ist völlig verrückt, aber so ziemlich JEDER Autofahrer (und wir wollen politisch korrekt sein: JEDE Autofahrerin) nutzt die Chance des verendeten Granada, um sich mal so richtig auszuhupen.

Der Rentner will nicht auf die Straße, er deutet auf die Unterseite am Heck des Granada und ruft immer wieder: »Banane! Banane!!«

Und dann sehe ich sie. Es ist tatsächlich eine Banane, kaum zu erkennen. Ihr dunkler Stiel und ein wenig der gelben Schale des Endstücks ragen aus dem Auspuffrohr des Granada. Ich ziehe am Stiel und halte ihn in der Hand – natürlich nur den Stiel. Der Rentner klatscht erfreut in die Hände. Die Sache macht ihm Spaß. Johan scheint zu fluchen und kniet vor dem Auspuff. Wir kommunizieren gestisch, für alles andere ist es zu laut. Der Berufsverkehr würde uns gern weghupen. Ich bin froh, dass keiner der Fahrer eine Waffe gegen uns einsetzt. Johan kniet mitten auf der Umgehungsstraße und popelt den Rest der Banane aus dem Auspuff, während mich das ungute Gefühl erneut erwischt. Jemand hat das Ding in den Auspuff gesteckt. Wer tut so etwas?

Mir kommt nicht zum ersten Mal der Gedanke, dass nicht der Wagen selbst, sondern ETWAS MIT dem Granada nicht in Ordnung sein könnte. Es fing damit an, dass der Wagen zum allerersten Mal in unserer Einfahrt stand, als ich dem Jungen eine Wunde zufügte, der, etwa 150 Meter entfernt in einem Krankenhaus liegt. Mal ganz abgesehen davon, dass mir die Motorhaube fast die Handflächen gegrillt hat!

Ich gehe um den Granada herum. Durch das Heckfenster kann ich die dunklen Polster der Rückbank erkennen, die durch Stefans Blut an großen Stellen dunkler, fast schwarz geworden sind. Ich beuge mich vor, sehe Plastikteile vom Gehäuse und kleine Scherben des Display, die auf den Polstern blinken. Das zerstörte Laptop selbst erkenne ich im Fußraum hinter dem Beifahrersitz. Gesplittert, zerkratzt und zerstört. Mit irgendeiner bösen Botschaft darin, die Stefan IN DIESEM AUTO empfangen hat! Bevor er ausklinkte.

»Wir können wieder«, stupst Johan mich an und steigt ein. Ich sehe durch das geöffnete Fenster der Beifahrerseite. Auf der Konsole vor dem Schaltknüppel liegt Johans Handy. *Funktioniert nicht mehr*, denke ich. So wie mein Handy nicht mehr funktioniert. *Die Polizeikontrolle kann man erklären, ein Rücklicht war kaputt, aber die Scheckkarten und die Handys ... Bringt der Wagen etwa Unglück? Ist es das?*

Ich bin ein rationaler Mensch, der weder an Magie und Zauberei noch an den Unsinn aus den Horrorfilmen glaubt. *Doch was ich gerade erlebe, IST Horror*, denke ich und mache mir fast in die Hose, als der Granada plötzlich aufröhrt. Aus dem Auspuff spritzen schleimige Reste der Banane auf die Straße. Der Wagen scheint mich zu verhöhnen. Johan brüllt: »Was ist?« Er will kein Hindernis mehr sein, sondern wieder König der Straße. Johan will wieder ganz vorn mitmischen, doch diese Karre wird ihn töten. Auf einmal bin ich mir vollkommen sicher!

»Steig aus!«

»Hast du sie noch alle? Komm jetzt! Ich will hier weg.«

»Niemals! Dieser Wagen ist verflucht!«

»Was haben sie dir im Krankenhaus gegeben? Steig endlich ein!«

»Versteh doch ... Unsere Karten, die Handys, die Sache mit Stefan, das geht doch nicht mit rechten Dingen zu ...«

»Blödsinn!«, ruft Johan. »Das hier hat jemand getan, den ich gewaltig in den Arsch treten werde, wenn ich ihn kriege!«

Wir schreien uns über das Gehupe hinweg so lange an, bis Johan die Nerven verliert und einfach davonrast.

In diesem Moment bin ich felsenfest davon überzeugt, meinen Bruder niemals lebend wiederzusehen. Die verdammte Scheißkarre wird ihn töten. Ich breche neben dem überforderten alten Mann mit Dackel in Tränen aus. Aber wenigstens der Verkehr fließt wieder reibungslos.

»Wie *Christine*. Oder, Fräulein?«

Ich drehe mich zu dem Alten um, der bedeutungsvoll nickt. »Das Buch von Stephen King, dem Horrorautor. *Christine*. Kennen Sie das Buch?«

»Nein, kenne ich nicht.«

»Was ist mit dem Film? Richard Carpenter hat einen tollen Horrorfilm aus *Christine* gemacht.«

»Nie davon gehört«, antworte ich. Der Alte schnauft empört, kann es nicht glauben.

»Kommen Sie, gehen wir ein Stück zusammen. Christine war ein 58er Plymouth Fury. Knallrot, großartiger Wagen.«

»Woher verstehen Sie denn so viel von Horror?«

Der alte Mann lacht auf: »Nicht von Horror, davon habe ich keine Ahnung. Ich verstehe etwas von Autos. War 47 Jahre lang Kraftfahrzeugmechaniker. So einen Plymouth wie Christine habe ich selbst lange gewartet. In der Nähe von Frankfurt. Als die Amis dort stationiert waren, fuhr einer der Soldaten diesen Wagen.«

Ich verstehe kein Wort von dem, was der Rentner mir sagen will. Wir erreichen eine große Kreuzung. Der alte Mann deutet nach rechts. »Ich gehe hier lang.«

Ich muss geradeaus weitergehen und nicke.

»Kopf hoch«, sagt der Mann und lächelt mir aufmunternd zu. »Vor allem keine Angst, nicht vor Autos. Die haben kein Eigenleben. Sie bestehen nur aus Technik. Schrauben, Ventile und Kolben. Keine Seele. Glaub mir, ich hab genug von den Dingern komplett zerlegt und wieder zusammengebaut. Tausendmal.«

Ich lächle, denn auf einmal finde ich den alten Mann klasse. Wir winken uns zu und trennen uns. Ich denke nach. Mit jedem Schritt wächst mein Gefühl, dass der alte Mechaniker vielleicht recht damit haben könnte, was er über die Seele von Autos gesagt hat. Sie haben keine. Es ist nur Technik, und das trifft auch auf Laptops zu.

Vielleicht sollte ich mich von dem Gedanken verabschieden, dass Johans neues Auto verflucht ist oder ein Eigenleben hat. Schließlich steckte nur eine Banane im Auspuff, Ende der Geschichte. Johan hat natürlich Recht, denn die Frage ist: Wer hat das getan? Wer steckt dahinter? Im Fall von Micks Laptop liegt die Antwort auf meine Frage, warum Stefan so ausgeklinkt ist, auf der Festplatte des zerstörten Rechners.

STROMAUSFALL

Das Abendessen ist furchtbar. Es gibt Brote und alles Mögliche an merkwürdigem Zeugs, das Senta aus dem Kühlschrank gezerrt hat, damit es nicht verdirbt.

»Wir haben keinen Strom mehr. Ich will die Stadtwerke gerade anrufen.« Mit diesen Worten hat mich Lars im Flur begrüßt, das Telefon in der Hand.

Johan ist dabei, seine Sachen zu packen, und scheint stinksauer auf mich zu sein. Er will aber nicht verraten, warum: »Ich hab keine Zeit, lass mich in Ruhe.«

Senta ruft zum Essen und wir sitzen uns am Abendbrottisch so muffig gegenüber, wie schon lange nicht mehr. Allerdickste Familienluft, dabei reist Johan doch morgen ab! Lars schüttelt mit angeekeltem Gesicht ein beschlagenes Schraubglas mit einer öligen Mischung aus eingelegten Oliven, Knoblauch, Kapern und anderem undefinierbarem Zeugs.

»Ist das etwa noch von meiner Geburtstagsparty im Januar übrig?«

»Nein«, antwortet Senta, »das Glas habe ich erst letztens bei Aldi gekauft. Die hatten italienische Wochen. Hast du mit den Stadtwerken gesprochen?«

Ich weiß, was jetzt kommt, denn die Namen der Discounter unserer Stadt, besonders das Reizwort »Aldi« fordern Johan regelmäßig zu der gleichen Tirade heraus.

»Die Aldisierung der Welt ...«, beginnt Lars, »... ist nicht mehr aufzuhalten!«, leiern Senta, Johan und ich betont gelangweilt Lars' Standardspruch herunter.

»Ist doch wahr!«, eifert Lars weiter. »Ich habe mich schon gewundert, wieso der Küchenschrank von italienischer Pasta überquillt! Es ist jedes Mal dasselbe: Wenn diese verdammten Billigläden mit ihren Schrott den Markt überschwemmen, rennen die Konsumenten los und kaufen Dinge, die sie überhaupt nicht brauchen, sondern weil das Zeug gerade im Angebot ist!«

»Du meinst ›im Sonderangebot‹. Im Angebot ist alles, was der Laden anbietet. Bei der preislich reduzierten Ware handelt es sich um Sonderangebote«, korrigiert Senta meinen Vater, ohne eine Miene zu verziehen.

Es ist jedes Mal das gleiche Spiel, Johan und ich können den Text schon mitsprechen. Lars flippt aus, weil er in den Sonderangeboten, die meine Mutter anschleppt, eines Tages zu ersticken befürchtet. Und Senta kontert mit der Tatsache, dass wir uns die Dinge sonst nicht leisten könnten. Wobei sie den Vorwurf gegen ihren Ehemann, den alleinverdienenden Anzeigenvertreter Lars Goldberg, gleich mitverpackt.

»Wie viel Paar Schuhe und wie viel durch Kinderarbeit in Billiglohnländern hergestellte Klamotten braucht der Mensch denn? Hast du in letzter Zeit mal in unseren Kleiderschrank gesehen? Das Zeug stapelt sich bis an die Decke!«

Fast gleichzeitig rücken Johan und ich die Stühle vom Tisch und wollen aufstehen, denn als Nächstes kommt garantiert die Diskussion über den neuen Rasenmäher (Plus) und den Blue-Ray-Brenner (Aldi), die Lars sich gewünscht und bekommen hat. Doch stattdessen wechselt Senta das Thema und fragt, wo der Strom bleibt und was Lars bei den Stadtwerken erreicht hat.

»Das Telefon funktioniert nicht. Wahrscheinlich, weil die Basis ohne Strom nicht funktioniert«, antwortet Lars gereizt. Er würde lieber bei seiner Konsumdiskussion bleiben. Johan und ich sehen uns über den Tisch hinweg an. Senta besteht darauf, die Stadtwerke per Handy zu informieren. Doch Lars wendet ein, dass sicher schon einer der Nachbarn den Notdienst informiert hat.

»Wahrscheinlich hat irgendein Bauarbeiter ein Kabel gekappt. So was dauert doch nie lange.«

Ich sage nichts, doch insgeheim weiß ich, dass Lars sich irrt. Er denkt, die Straße oder das Viertel hätten keinen Strom mehr. Doch ich ahne, was wirklich los ist. Senta geht in den Flur und kehrt mit ihrem Handy zurück. Sie starrt auf das Display und tut dann etwas, was mich immer schon wahnsinnig gemacht hat, seit meine Mutter ihr Mobiltelefon (Aldi) hat. Sie SCHÜTTELT das Telefon und murmelt verwundert: »Geht nicht ... das ist ja merkwürdig!« Dann schüttelt sie ihr Handy erneut, als könne sie damit den Empfang verbessern.

»Mama, ich fürchte, das alles hängt zusammen, der Stromausfall und dass unsere Telefone nicht mehr funktionieren.«

»Wie meinst du das, Bo?«, fragt Lars.

»Fang bloß nicht wieder mit deinen Hirngespinsten von einem Fluch an, sonst flippe ich aus!«, droht Johan. Doch ich kann nicht anders, als Lars und Senta meine Theorie zu erklären, bis Johan unter lautem Protest das Wohnzimmer verlässt.

»Hmmm«, sagt Lars später. So ratlos habe ich ihn noch nie gesehen. Zur Bestandaufnahme hat er alle Familienhandys eingesammelt und sie vor uns auf den Tisch gelegt. Keins davon funktioniert mehr.

»Ich wollte online klären, was nicht stimmt, aber mit dem Laptop komme ich nicht mehr ins Netz, von meinem anderen Rechner ganz zu schweigen ... ohne Strom!«

»Der Fluch«, flüstere ich, damit Johan es nicht mitbekommt. Er schleppt Sachen aus seinem Zimmer, stapelt sie im Flur und rennt ständig in den Keller, um alten Campingkram und anderes Zeug für seinen Urlaub auszugraben. Dabei nervt er Lars und mich ständig!

»Funktioniert dieser Gaskocher noch, Papa?«

»Keine Ahnung.«

»Haben wir Kartuschen für das Ding?«

»Ich weiß es nicht!«

»Haben wir denn Motoröl?«

»Jo ...«

»Ich brauche 15W40«

»Kannst du bitte ...«

»Wo is’ n das andere Paddel vom Schlauchboot?«

»Jooooohan!«

»Meinst du, das Boot ist dicht?«

»Sag mal, bist *du* noch ganz dicht?«

Bis hierhin war es halbwegs komisch, eben typisches Brudergenerve. Doch als Johan allen Ernstes das staubige, gammelige Schlauchboot im Wohnzimmer neben dem Esstisch aufpumpen will – um zu testen, ob es in Ordnung ist –, flippt Lars unerwartet heftig aus.

»Jetzt ist aber Feierabend! Wir haben ein Problem, Jo! Kapierst du das nicht?«

Jo zuckt mit den Schultern, als würde Lars ihm etwas völlig Neues erzählen. Ich kenne diese Taktik: Wenn Jo ein Problem ignoriert, wird es sich in Luft auflösen, glaubt er. Und im Fall einer abgehängten ehemaligen Freundin und einer nicht vorbereiteten Englischarbeit hat es auch tatsächlich funktioniert. Doch das sind nur zwei von etwa tausend Fällen, in denen Johans Ignoranz-Theorie nicht in die Hose ging. Die Freundin zog nach Stuttgart und der Lehrer war an diesem Tag krank, so einfach war das. Ich nenne es Glück, doch Johan will von den anderen 998 Ignoranzkatastrophen natürlich nichts hören.

So wie jetzt. Ich kann die seltsamen Vorgänge nicht einfach »Pech« nennen, aber Johan hat anscheinend genau das vor. Er will die Tatsachen nicht zur Kenntnis nehmen, damit er sich keine Sorgen machen muss. Denn Johan will morgen früh in Urlaub fahren! Weil er Premium-Mitglied im eingetragenen Verein der Egoisten ist! Nur deshalb will und kann er nicht glauben, dass der Zusammenbruch des gesamten Goldberg'schen Kommunikationsnetzes und der Elektrizitätsversorgung kein Zufall ist!

»Leute, habt ihr schon einmal von einer kausalen Kette gehört?«, lamentiert er betont gelangweilt und deutet mit seiner Luftpumpe in der Hand an die Decke. »Stellt euch vor: Bumm! Der Blitz fährt in eine Eiche, der Baum fällt ins Umspannwerk und wieder ... Bumm! Der Strom fällt aus, die Masten unseres Handyproviders geben ihren Geist auf. Wir erinnern uns, liebe Familie ...«, und dabei grinst er Lars und mich an, als seien wir Vollidioten, »die Goldbergs haben einen Familienvertrag für ihre Handys, wir sind also alle beim gleichen Provider. Ein Sommergewitter, einmal Bumm und alles ist aus! Kein Strom, kein Telefon, gar nix mehr!«

»Und was ist mit unserem Internet-Anschluss?«, will Lars wissen.

»Den hat der Blitz gekillt«, antwortet er so schnell wie die gleichnamige elektrische Entladung.

Ich sehe Lars mit dem Kiefer mahlen. Er würde Jo für seine Überheblichkeit gern in den Hintern treten, weiß ich. Aber so, wie das schlaksige Spinnenbein in seiner neuen Badehose, die er während des Packens Probe trägt, vor uns steht, könnte er ja sogar Recht haben, denkt Lars wahrscheinlich. Ich denke das einen Moment lang ebenfalls. Und vielleicht wäre Jo mit seiner aktuellen Ignoranznummer durchgekommen, wenn er nicht, wie immer, übertreiben müsste. Johan setzt sein Ich-bin-der-Größte-und-du-nur-Gemüse-Lächeln auf, für das ich ihn am liebsten ... Ach, lassen wir das.

Denn in genau diesem Moment kommt mir ein Gedanke: »Du meinst, alle Vorkommnisse, die unsere Familie betreffen, haben mit höherer Gewalt zu tun?«

»Ganz recht ... Ich halte diese Auslegung für die wahrscheinlichste aller Möglichkeiten, mein lieber Watson.«

Johan verarscht mich absichtlich mit dem blasierten Getue der Sherlock-Holmes-Figuren aus alten Schwarz-Weiß-Filmen, die ich so mag. Ich sehe rot: »Dann beantworte mir eine Frage, Pickelfresse ...«

»Hey!«, unterbricht mich Lars, doch es ist bereits zu spät, ich bin nicht mehr zu bremsen.

»... hat der Blitz es etwa geschafft, dir eine Banane

in den Allerwertesten deines Wagens zu stecken? Entspricht das deiner beschissenen Auslegung? Oder könnte es sein, dass du bekloppt genug warst, irgendjemanden so zu reizen, dass er dir den Auspuff verstopft und den Saft abdreht? War es ein Lehrer, der dich nicht mehr sehen kann? Oder die Rache einer betrogenen Geliebten, die dich hasst? Ja? Könnte das sein?«

Plötzlich brennt die Luft. Lars hat alle Hände voll damit zu tun, Johan daran zu hindern, mir an die Gurgel zu gehen. Ich kann in aller Ruhe um die beiden herumspazieren und meiner Wut freien Lauf lassen. Schließlich war ICH ohnmächtig und im Krankenhaus, weil mein Bruder, der Idiot!, alles immer falsch machen muss. Kein einziger Euro in die verkackte Fluchkasse für das, was ich vom Stapel lasse, haha! Selbst Lars bekommt rote Ohren, während Jo und Bo, seine über alles geliebten Kinder, sich über die Schulter des Vaters hinweg anschreien, mit Vorwürfen überschütten und Sünden ausgraben, die bis ins Windelalter zurückreichen. In diesem Moment habe ich den Scheißkerl von Bruder dermaßen satt, dass ich ihn am Liebsten anspucken würde!

»PACK DEN SCHEISS IN DEINE ROSTLAUBE UND HAU ENDLICH AB!«

»GERN! DANN MUSS ICH DEINEN FETTEN HINTERN NICHT MEHR SEHEN!«

»WANDER AUS, ARSCHGEIGE! SOLLEN DIE SCHWEDEN DEINE KÄSEFÜSSE ERTRAGEN!«

»JAHAAA! ABER BLEIB DU LIEBER IN MAMAS KÜCHE, FETTE SCHNALLE!«

»PISSKOPF!«

»FETTFRESSE!«

»PIMMELGESICHT!«

»DU SCHNARCHST!«

»TU ICH NICHT!«

(Tue ich übrigens wirklich nicht!)

»TUSTDUWOHOOOHL!«

»DUBISTSOBLÖDDASSESSTINKT!«

Johan und ich wollen uns im Wohnzimmer gerade an die Gurgel gehen, als der Papa-Mama-Chor zweistimmig SEHR LAUT Einhalt gebietet und wir erschrocken zusammenzucken.

»AUFFFHÖÖÖÖRRRENN!!«

Jede Wette, wir hätten uns umgebracht! Inmitten einer grauen Gummipfütze stehend, die vor vielen Jahren vielleicht einmal ein Schlauchboot gewesen ist.

Mama ist zurück. Sie hat in der Nachbarschaft herumgefragt. Wir halten überrascht die Klappe.

Lars sieht Senta an: »Und?«

»Die Schäfers haben Strom und Telefon. Gebelhoffs auch. Bei Meyers geht das Internet nicht. Das liegt aber an seinem Computer, sagt Robert. Bei Degani geht die Spülmaschine nicht mehr …«

Ich muss prustend lachen, doch meine Eltern finden das nicht komisch.

»’tschuldigung.«

Senta fährt fort: »Die Telefonanschlüsse und Handys funktionieren in der ganzen Straße. Alle!«

In diesem Moment sieht meine Mutter wirklich traurig aus. »Und alle haben alle Strom. Nur wir nicht!«

ABSCHIED

Als ich am nächsten Morgen aufwache, habe ich immer noch den schlechten Geschmack des Streits mit Jo im Mund, den ich auch mit Zähneputzen nicht wegbekomme.

»Jetzt vertragt euch wieder, er fährt doch gleich«, empfiehlt Lars im Flur. Johan verstaut muffelig sein ganzes Zeug im Auto und macht einen Bogen um mich, so gut es geht. Senta wünscht sich ebenfalls, dass wir nicht im Streit auseinandergehen, doch ich ziere mich, zicke herum und vertrödele meine Zeit absichtlich im Badezimmer.

Als ich den Granada aufheulen höre, ist es zu spät. Ich lasse alles fallen und renne barfuß aus dem Bad durch den Flur nach draußen, über die Wiese und hinter Johan her.

»Hey, du blöder Penner! Warte, du Arsch!« Doch er hält nicht an. Ich weiß, dass er mich im Rückspiegel sieht! Doch das Bremslicht lässt Johan erst aufleuchten, als er die Querstraße erreicht. Dann biegt der grüne Granada ab. Er ist weg! Mein Gefühl, dass etwas passieren wird, kehrt schlagartig zurück, in meinem Inneren krampft sich alles zusammen. Ich beginne zu schluchzen und muss mich hinknien, damit ich nicht umfalle, so sehr schmerzt die plötzliche Vorahnung, dass Johan in Gefahr ist. Dass ich meinen Bruder nie wiedersehen werde.

Lars und Senta haben vom Vorgarten aus gewinkt, als ich an ihnen vorbeigerannt bin. Nun höre ich Lars' Schritte, sein Keuchen und die besorgte Stimme hinter mir: »Bo! Süße, ist mit dir alles in Ordnung?«

Nein, Papa, ist es nicht. Ich habe gerade gespürt, dass wir Johan zum letzten Mal gesehen haben, denke ich und halte, entgegen meiner sonstigen Art, dieses Mal die Klappe, nicke stumm und schlucke meine Tränen hinunter, während Lars mir aufhilft.

»Jo kriegt sich schon wieder ein. Lass ihn erst mal nach Schweden fahren, Opa besuchen. Ich bin sicher, dass er sich von unterwegs meldet und nach dir fragt. Der kann doch gar nicht ohne seine kleine Schwester, das weißt du.«

Nein, Johan ist weg. Endgültig. Ich bin mir sicher, dass es so ist.

»Oder ist es wegen deinem kleinen Freund?«

»Was?« Ich verstehe kein Wort. *›Mein kleiner Freund‹? Wer zum Teufel soll das denn sein?*

»Ich weiß ja, wie verknallt du in Mick bist«, grinst Lars ein wenig verschämt und sieht seinem Sohn plötzlich ähnlich. Er sieht aus wie Johan, wenn der richtig bescheuert guckt. »Es muss dir schwer fallen, drei Wochen auf Mick zu verzichten.«

»Wieso verzichten?« *Wovon quatscht Lars da? Wieso ähnelt er Johan, wenn der Mist gebaut hat?*

»Du meinst ... sie haben dir nichts gesagt?«

Wir sind jetzt fast wieder am Haus angelangt. Ich habe keine Ahnung, wovon mein Vater redet und wieso er so blöd guckt. Senta winkt mich zu sich und nimmt mich in den Arm. Ich spüre das Gras im

Vorgarten unter meinen nackten Füßen, als Lars zu meiner Mutter sagt: »Sie weiß gar nichts davon.«

Senta seufzt, ihre Arme drücken mich etwas enger an ihre Brust, was ich schöner fände, wenn nicht jeder aus meiner Familie etwas wissen würde, von dem ich offensichtlich keine Ahnung habe.

»Was ist denn los? Was ist mit Mick?«

Zwei Augenpaare beobachten erwartungsvoll, was der nächste Satz in mir anrichten wird: »Mick ist mit Johan nach Schweden unterwegs.«

Was so viel heißt wie: Mick, mein Freund, mein verkackter EXFREUND, ist heimlich und spontan an Stelle von Stefan eingesprungen, der ursprünglich mitfahren sollte, nun aber im Krankenhaus liegt. Mick hat den Schwedentrip mit meinem Bruder angetreten! Dieser elende, heimlichtuende VERRÄTER hat sich eingeschleimt und MICH verlassen! Einfach so!

»Vor vier Wochen hat Johan nicht mal mit Mick geredet!«, brülle ich meine Eltern an, die nicht wirklich verstehen, was diese Tatsache mit Micks spontaner Abreise zu tun hat. »Die blöden Ärsche können was erleben!«

Ich laufe ins Haus, um mein Handy zu holen. Denen werde ich was erzählen! Im Flur fällt mir ein, dass weder mein Telefon noch sonst irgendetwas im Haus Goldberg funktioniert. Es ist wirklich ein Fluch! Ich renne wieder raus und sehe meine Eltern im Vorgarten stehen. Sie halten sich im Arm und bedauern mich offensichtlich gemeinsam.

»Das ist doch totale Scheiße!«, rufe ich und weiß, dass ich völlig Recht habe. Dieses Mal muss ich keinen Euro für meine Meinung zahlen.

PHIMOSE?

Stefan ist nicht überrascht und hat kein schlechtes Gewissen, als ich in sein Krankenzimmer rausche und ihm Vorwürfe mache, dass Mick mit meinem Bruder auf Schwedenreise gegangen ist.

»Was kann ich denn dafür, dass dein Freund ...«, er sagt das Wort »Freund«, als würde es ihm körperliche Schmerzen verursachen, »... nach Schweden abgehauen ist?«

»Warum hat Mick mir nichts gesagt?«, will ich wissen.

»Wahrscheinlich hat er befürchtet, dass du einen Riesenaufstand machen würdest. Womit er ja auch nicht ganz falsch gelegen hätte, oder?«

Ein fetter Mann im Nachbarbett fuchtelt mit der Fernbedienung herum und stellt den Fernseher an der Wand auf maximale Lautstärke, was trotzdem nicht besonders laut ist, schließlich beschallt das Ding ein Krankenzimmer. Der Fernsehkoch ist kaum zu verstehen.

»Geht das auch ein bisschen leiser? Ich will das gern hören«, mault der Dicke und greift in eine Tüte mit Keksen.

»Nehmen Sie gefälligst die scheiß Kopfhörer und lassen Sie uns in Ruhe, verdammt noch mal!«, belle ich zurück Der Dicke schmollt beleidigt und mampft

75

weiter seine Kekse. Stefan schwingt seine Beine aus dem Bett, holt seine Klamotten aus dem Schrank und schlüpft vorsichtig in seine Jeans.

»Ich säße auch lieber bei den Jungs im Auto, statt mich um meine Schwester kümmern zu müssen.«

Ich versuche, mehr oder weniger unauffällig, einen Blick auf Stefans Verwundung in der Körpermitte zu erhaschen, doch leider dreht er sich weg und zieht das weiße Operationshemdchen erst aus, als er sich die Hose schon zugemacht hat.

Gar nicht schlecht, denke ich beim Anblick von Stefans nacktem Oberkörper, *angezogen sieht er nicht halb so sportlich aus, sondern dünn.*

»Meine Eltern hätten mir ruhig eine größere Hose mitbringen können«, stöhnt Stefan. Mir fällt das blutige Spektakel im Granada wieder ein.

»Was hast du eigentlich?«, will ich wissen. Stefans Gesicht verzieht sich vor Schmerz, als er sein T-Shirt überstreift.

»Phimose«, sagt der Dicke und grinst anzüglich. Doch eine Sekunde später zieht er den Kopf ein, wie eine fette Schildkröte, denn Stefan brüllt seinen Zimmernachbarn mit hochrotem Kopf an: »Sie mischen sich gefälligst nicht in meine Angelegenheiten ein! Sie halten den Mund! Haben Sie VERSTANDEN!?!«

Wow, ein Wutausbruch ohne einen einzigen Fluch. Ich bin beeindruckt. Der Dicke blinzelt verschreckt und setzt sich die Kopfhörer auf. Für ihn existieren wir nicht mehr. Stefan bindet sich seine Chucks zu, was ihm offensichtlich ebenfalls Schmerzen bereitet.

Ich wüsste zu gern, was eine Phimose ist, aber Stefans düsterer Blick sagt mir, dass ich lieber bei Google nachsehen sollte, anstatt ihn zu fragen. Doch es gibt genügend andere Dinge, die ich ebenfalls gern wüsste.

»Was ist mit Katrin? Hast du mit ihr gesprochen?«

Stefan führt mich aus dem Zimmer. Wir lassen den Dicken grußlos zurück und gehen Richtung Ausgang. Ich bin zuerst viel zu schnell für Stefan. Jeder Schritt scheint für ihn mit Schmerzen verbunden zu sein. Also passe ich mich seinem Tempo an. Erst jetzt fällt mir auf, dass es unter Umständen keine so gute Idee sein könnte, wenn Stefan das Krankenhaus verlässt. Doch wie es aussieht, hat er nicht vor, jemals wieder zu dem Dicken und seinem Lieblingsprogramm zurückzukehren.

»Sag mal, darfst du überhaupt schon raus? Haben die dich nicht operiert?«

»Können wir dieses Thema lassen? Ich kann hier nicht bleiben ohne zu wissen, was mit meiner Schwester los ist!«

»Aber richtig laufen kannst du auch nicht!«, antworte ich und gehe extra etwas schneller durch das Foyer, um ihm zu zeigen, dass er draußen kaum Chancen hat. Ehrlich gesagt fürchte ich mich ein wenig, dass dieses Phimosending noch einmal ausbrechen könnte und Stefan wieder blutet wie ein abgestochenes Schwein.

»Ich werde sofort ohnmächtig, wenn die Bluterei wieder losgeht«, sage ich. Dabei fällt mein Blick auf zwei klapprige Rollstühle mit Krankenhauslogo, die zwischen der Eingangstür und einer abgewetzten Sitzgruppe neben einem überquellenden Aschenbecher stehen. Ich kann nachvollziehen, dass Stefan so schnell wie möglich aus diesem Schuppen raus möchte. Dann habe ich eine Idee – ich schiebe einen der Rollstühle aus der Nische und sehe Stefan herausfordernd an.

»Niemals«, sagt er und meint es todernst.

Ich drehe mich um und rufe Richtung Empfangskabine: »Schwester?«

»Bist du verrückt? Was machst du?«, zischt Stefan überrumpelt. Bisher hat die Krankenschwester im Glaskasten uns nicht bemerkt.

»Du setzt dich jetzt hier rein oder die werden dich dabehalten«, sage ich und deute auf den Stuhl.

»Das dürfen die überhaupt nicht«, zischt Stefan zurück. Aber er ist verunsichert. Ich will zum Foyer winken, doch Stefan packt mich an den Händen. Er ist kräftiger, als ich ihn eingeschätzt habe. Und er riecht gut, fällt mir auf, irgendwie würzig.

»Du bist minderjährig. Die ketten dich sicher so lange neben dem Fettsack ans Bett, bis deine Eltern auftauchen«, mache ich Stefan Angst. »Und ich glaube kaum, das Mami und Papi auf ein zweites Blutbad scharf sind. Also schwing endlich deinen Hintern hier rein.« Ich habe nicht die leiseste Ahnung, ob das stimmt, was ich sage. Doch Stefan glaubt mir offensichtlich, schnaubt aufgebracht und lässt sich vorsichtig in den Rollstuhl sinken. Er reißt vor Schreck die Augen auf, als ich erneut zu dem Glaskasten winke und laut rufe: »Hallo, Schwester? Wir leihen uns mal kurz einen ihrer Rollis aus, ja? Mein Freund will unbedingt 'ne Kippe rauchen.«

Die Schwester achtet überhaupt nicht auf uns und ich schiebe Stefan aus dem muffigen Foyer hinaus in die Sonne.

»Wir klauen einen Rollstuhl, ich fasse es nicht«, murmelt Stefan, schaltet sein Handy ein und tippt seine Geheimnummer in die Tastatur.

Mein Freund, lasse ich mir diesen Gedanken auf

der Zunge zergehen. *Stefan, mein Freund* … klingt gar nicht schlecht!

Doch dann reißt Stefan mich aus diesem angenehmen Tagtraum. Er tippt auf seinem Handy herum und murmelt frustriert: »Mit dem Ding stimmt was nicht … Was soll das denn heißen, ›Dienst nicht verfügbar‹?«

»Dass dein Handy nicht mehr funktioniert«, flüstere ich und spüre, wie mir eine Gänsehaut vom Nacken aus den Rücken bis zu den Zehenspitzen hinunterkriecht. Mir wird klar: *Es betrifft nicht nur die Goldbergs! Es ist … der Fluch!*

KRETSCHMANN

Was ich mir damit angetan habe, Stefan in einen Rollstuhl zu setzen, begreife ich erst, als ich schweißnass neben ihm im Linienbus stehe. Natürlich hat er sich geweigert, an der Haltestelle aufzustehen und selbst einzusteigen, als der Bus näher kommt.

»Das sag ich dir gleich, Bo, entweder trägst du mich mit dem Stuhl in den Bus oder du schiebst mich eigenhändig! Und zwar die ganze Strecke! Auf gar keinen Fall steige ich vor allen Leuten aus dem Rollstuhl und gehe zu Fuß da rein! Ist das klar?«

Der Busfahrer glotzt uns vom Fahrersitz aus durch die geöffnete Tür an. »Wollt ihr nun mit oder nicht?«

»Ja, vielleicht helfen Sie uns mal«, herrsche ich den Fahrer an, der den Kopf schüttelt und seelenruhig sitzen bleibt.

»Ich darf nix heben, hab's im Rücken. Versucht es bei den Fahrgästen, aber macht hin, ich muss den Fahrplan einhalten.«

»So ein Arschloch, das darf doch wohl nicht wahr sein«, murmele ich laut genug, damit der Blödmann es mitbekommt, als ich den Bus besteige. Dann bitte ich einen kräftig aussehenden Typen, mir zu helfen. Gemeinsam schaffen wir Stefan im Rollstuhl in den Bus. Er hat seine Jeansjacke über die Lehne mit dem

Krankenhauslogo gehängt, damit nicht auffällt, dass wir das Ding entführt haben.

Ich erkläre Stefan meine Theorie und während er mir aufmerksam zuhört, bemerke ich, dass ich überhaupt keine richtige Theorie habe.

»Vielleicht ist das ganze Handy-Netz zusammengebrochen?«, vermutet Stefan.

Ich deute auf den Typen, der uns geholfen hat und gerade in sein Mobiltelefon spricht. »Seins funktioniert. Außerdem sind es nicht nur Handys. Das Stromnetz, Internetanschluss ... bei uns ging gar nichts mehr!«

»Und die Banane in Johans Auspuff«, sagt Stefan nachdenklich, »ist ebenfalls nicht besonders übernatürlich. Da hat es jemand auf euch abgesehen.«

»Auf dich aber auch«, ergänze ich und Stefan nickt. Dann schlägt er sich plötzlich mit der Faust in die Hand: »Das ist alles Kretschmanns Schuld!«

»Unser Lehrer? Wieso denn? Weil ihr in seinen Computer eingebrochen seid? Oder hat das mit der E-Mail deiner Schwester zu tun?«

»Genau das werden wir herausfinden«, sagt Stefan und ich bin mir ziemlich sicher, dass es auf die eine oder andere Art in naher Zukunft großen Ärger geben wird.

Als ich den Rollstuhl das letzte Stück vor Kretschmanns Haus zur Eingangstür hinaufschiebe, habe ich nur noch eins im Kopf – Wasser! Ich bin klatschnass geschwitzt und habe dermaßen Durst, dass ich sogar aus dem Vogelbecken vor dem Küchenfenster trinken würde. Jedenfalls, wenn dort mehr als nur ein Kalkfleck verdunsteten Wassers übrig wäre.

Aus irgendeinem Grund hat Stefan überhaupt keine

Angst, bei Kretschmann zu klingeln. Wieso fürchtet er nicht, als der Computerpirat erkannt zu werden, der sich erst gestern wie ein Geisteskranker auf seinen Lehrer stürzen wollte, weil seine Schwester diesem Lehrer eine E-Mail geschrieben hat? Ich kapiere es nicht, aber Stefan sagt, ich soll mir keine Sorgen machen, also verlasse ich mich auf ihn. Hoffentlich ist das kein Fehler!

Bevor Stefan klingeln kann, wird die Tür aufgerissen und ich zucke erschrocken zusammen. Es ist nur Frau Kretschmann. Ich erkenne sie, weil die Frau des Lehrers auf dem letzten Sockenball in der Schule war, bei der ihr Mann Aufsicht hatte. Sie trägt einen Einkaufskorb in der Armbeuge und lächelt freundlich. »Hallo, ihr wollt sicher zu Cornelius.«

Wir nicken und ich lächle zurück. Stefan verzieht keine Miene. Frau Kretschmann ruft hinter sich in den Flur: »Connie, du hast Besuch!«, dann winkt sie uns in den Flur. »Kommt rein, er ist im Wohnzimmer. Tschüss.«

»Wiedersehen«, sage ich und denke, dass »Connie« ein merkwürdiger Kosename für einen erwachsenen Mann ist. Mir fällt dazu eher das kleine Mädchen aus den Pixi-Büchern ein. Im Flur ist es angenehm kühl und riecht nach Leder, wahrscheinlich von den Jacken an der Garderobe. Stefan ist schon ins Wohnzimmer gerollt, also folge ich ihm, obwohl ich dem Impuls kaum widerstehen kann, mal eben auf dem Gästeklo neben der Eingangstür zu verschwinden und einen Hektoliter Wasser aus dem Kran zu trinken.

Als ich das Wohnzimmer betrete, scheint es dort gerade zehn Grad kälter geworden zu sein. Kretschmann steht Stefan gegenüber, der im Krankenhausrollstuhl sitzt. Für eine Sekunde kommt es mir merkwürdig vor, einen Lehrer aus meiner Schule in braunen Hausschuhen aus Cord zu sehen. So als hätte ich ihn bei einer Peinlichkeit ertappt. *Aber schließlich sind wir in seinen Computer eingedrungen und haben sicher intimere Dinge als die Wahl seiner Spießerschluffen enthüllt*, denke ich, obwohl ich immer noch nicht weiß, was Stefan an der Mail seiner Schwester so wütend macht. Genau das sind beide Männer offensichtlich: so wütend, dass sie fast platzen!

»Wo ist meine Schwester?«, fragt Stefan.

»Woher soll ich das wissen?«, antwortet Kretschmann.

Oha, hier knallt es gleich gewaltig, denke ich.

»Sie haben mit Katrin Schluss gemacht, stimmt das?«

Moment mal, ›Schluss gemacht‹? Ich werde mit Mick Schluss machen, aber wie kann Kretschmann denn mit einer Schülerin Schluss machen?

Die Art, wie der Lehrer in den Flur sieht, um sich zu vergewissern, dass seine Frau wirklich das Haus verlassen hat, sagt mir ALLES!

Ach du Scheiße, der Typ hat mit Stefans Schwester gepoppt!, wird mir plötzlich klar. Und mit einem Blick aus dem Panoramafenster in den Garten mit der Tannenreihe und dem Jägerzaun verstehe ich, wieso Stefan gestern dermaßen ausgerastet ist.

»Sie haben ein Verhältnis mit meiner Schwester!«

»Ich habe keine Ahnung, wovon du redest«, sagt Kretschmann leise und räuspert sich. Es klingt, als würde jemand Nägel in eine Blechdose spucken.

Er ist im Arsch, Stefan hat ihn erwischt, denke ich und etwas macht mir Angst: Kretschmann hat sich zwischen uns und den Durchgang zum Flur gestellt, als er eiskalt hinzufügt: »Ich schätze, du hast Beweise für deine ungeheuerliche Behauptung.«

Besonders beunruhigend finde ich, dass seine Frage nicht wie eine Frage, sondern wie die Feststellung einer Tatsache klingt.

Kommt, Freunde, hört doch auf mit diesem Quatsch und lasst uns die Sache wir Erwachsene regeln, möchte ich vorschlagen, bekomme nur ein Krächzen heraus: »Kann ich bitte ein Glas Wasser haben?« Ich werde ignoriert. Bin für die beiden überhaupt nicht anwesend.

»Hallo? … Herr Kretschmann?« Nichts. Keine Reaktion.

»Katrin hat Ihnen eine Mail geschrieben, bevor sie verschwunden ist.«

Katrin ist verschwunden? Warum? Wann? Und wohin? Wann erzählt MIR jemand mal was?

Kretschmann kneift die Augen zusammen. »Was für eine Mail?«

»Darin stand, dass Sie nicht mit ihr Schluss machen dürfen. Weil sie sich sonst etwas antun will. Diese Nachricht hat sie Ihnen gestern Nachmittag geschickt«, antwortet Stefan.

Kretschmann schüttelt den Kopf. »Ich habe keine Mail bekommen.«

Mir wird klar, dass Stefan im Begriff ist, sich und mich um Kopf und Kragen zu reden, aber noch ist es nicht zu spät. Der Lehrer mag zwar etwas mit Katrin gehabt haben – was auch immer –, aber er ist ganz sicher überrascht, von dieser Mail zu hören. Er hat offensichtlich keine Ahnung, dass wir …

»Ward ihr das gestern in dem grünen Wagen?«

Shit! Aber vielleicht kapiert er das mit dem

Computer nicht, hoffe ich und will heimlich, still und leise …

»Wo willst du denn hin, junge Dame?« Kretschmann packt mich am Arm und ist dabei nicht gerade zimperlich.

»Aua! Ich muss aufs Klo. Ich habe Durst!«

Ich klinge wie ein kleines Mädchen und werde auch so behandelt. Wir erreichen die kritische Phase.

»Du gehst nirgendwo hin!«, sagt Kretschmann kalt und schiebt mich ins Wohnzimmer zurück. Dann sieht er Stefan an: »Du hast mir vor ein paar Monaten das Netzwerk eingerichtet. Kann es sein, dass ihr mich gestern ausspioniert habt? Seid ihr in meinen Computer eingedrungen?«

»Viel wichtiger ist doch die Frage, ob Sie Unzucht mit einer Minderjährigen betrieben haben«, sage ich, scheiß auf das Risiko. Er hätte mich eben nicht schubsen dürfen. Kretschmann hält sich im Türrahmen fest, als hätte ich ihm einen Tiefschlag verpasst. Hinter seinem aggressiven, selbstsicheren Getue scheint nun die nackte Angst hindurch, was ich viel gefährlicher finde als seine herablassende Masche. Mit der rechten Hand stützt er sich auf eine Anrichte neben der Tür, auf der die Bronzestatue einer nackten Frau steht. Er streicht mit dem eheberingten Finger über den Sockel der Bronze und reibt sich mit der anderen Hand die Augen. Stefan und ich sehen uns an. Uns wird klar, dass Kretschmann in seiner Situation Stefan und mich niemals gehen lassen KANN! Nicht, wenn er verhindern will, dass ihm in den nächsten Stunden sein komplettes Leben um die Ohren fliegt.

Kretschmann wird uns mit der Statue den Schädel einschlagen und in seinem Garten verscharren, noch bevor seine Frau vom Einkaufen zurück ist, denke ich. *Niemand wird uns finden. Stefan ist spurlos aus dem Krankenhaus verschwunden, Katrin begeht Selbstmord und mich bringt keiner mit den beiden in Verbindung. Großartig!*

»Wer außer euch beiden weiß noch von der Sache?«, fragt Kretschmann mit brüchiger Stimme, ohne die Hand von seinen Augen zu nehmen, so, als könne er uns nicht ansehen. Ich reiße mich trotz meiner Angst zusammen und antworte: »Auf jeden Fall zu viele, um uns alle umzubringen!«

Kretschmann richtet sich auf und sieht mich überrascht an, ohne die Hand von der Statue zu nehmen: »Wie kommst du denn auf die Idee, dass ich ...«

Bevor der Lehrer seinen Satz beenden kann, schnellt Stefan aus dem Rollstuhl und rammt seinen Kopf genau in Kretschmanns Mitte. Der Lehrer klappt ohne einen Laut zusammen und stößt mit dem Kopf hart auf der Anrichte. Bevor er den Boden erreicht, sind Stefan und ich aus dem Wohnzimmer durch den Flur über den Vorgarten auf die Straße geflohen. Dabei sehe ich mich immer wieder nach Stefan um, der sich alle Mühe gibt, mit mir Schritt zu halten. Wir rennen über ein Schulgelände, vorbei an einer Halle namens »Area 51«, von deren Konzerten ich schon gelesen, sie aber bis jetzt noch nie besucht habe, und rennen querfeldein weiter. Bis Stefan auf einer Wiese keuchend zusammenbricht, auf der Pferde und Ponys erschrocken in eine andere Ecke der Koppel fliehen.

»Wieso starrst du mir eigentlich dauernd in den Schoß?«, fragt er und schnappt nach Luft.

»Ich hab Angst, dass du mir auf der Wiese

verblutest, während ich ohnmächtig neben dir liege. Was ist eine Phimose, Stefan?«

»Weißt du überhaupt, was Area 51 ist?« Er sagt »fifty-one«, statt »einundfünfzig«.

»Du musst mir nicht antworten«, sage ich und meine die Phimosefrage. Ich weiß, dass er das weiß, und er weiß, dass ich weiß, dass er das weiß. Das finden wir beide ziemlich gut und grinsen, dann müssen wir lachen.

»Area 51 ist ein Luftwaffenstützpunkt und militärisches Sperrgebiet in den Staaten. In der Wüste von Nevada«, beginnt Stefan und legt sich im Gras zurück. Ich lege ganz selbstverständlich meinen Kopf auf seinen Bauch. Weit genug entfernt von dem geheimnisvollen Phimoseding.

Wenn es ansteckend ist, würde er mich warnen, denke ich und höre Stefan weiter zu: »Angeblich liegen dort die Leichen eines 1974 abgestürzten Ufos.«

»Du meinst tote Aliens?«

»Ja. Kleine glatzköpfige Außerirdische mit großen, schwarzen Mandelaugen ...« Er bricht ab. Ich fühle mich total wohl in Stefans Nähe, fällt mir auf, und dass mit seiner Stimme etwas anders ist als sonst. Ich drehe mich zu ihm und sehe Tränen in seinen Augen glitzern. Er will nicht über Kretschmann und seine Schwester reden und das Geheimnis seiner Krankheit ebenfalls nicht lüften. Das finde ich völlig in Ordnung. Dank seinem Kopfstoß haben wir noch Zeit, diese ganze Sache zu regeln. Sein Geruch fällt mir wieder auf, ist irgendwie ... würzig, wie ein leckeres Essen oder so. Ich weiß, dass es ihm peinlich wäre, wenn ich ihn weinen sehe. Also drehe ich mich weg, sehe mir die Ponys und Pferde an, die sich langsam und sehr misstrauisch wieder nähern und sage: »Weißt du was?«

Wie ungeschickt, fällt mir auf, *wenn er heulen muss, kann er natürlich nicht antworten,* daher rede ich sofort weiter: »Dieses abgestürzte Ufo und Roswell, das war im Jahr 1947, nicht '74. Ich weiß das, weil eine Episode *Deep Space Nine* davon handelt. Ein Ferengi-Raumschiff muss während einer Zeitreise dort notlanden und ...«

Auf der Wiese erzähle ich Stefan die ganze Folge *DS-Nine* mit allen Details. Er kann in Ruhe weinen, seine Tränen trocknen lassen und auf der Wiese wieder Kraft tanken, während ich ihn unterhalte. Für einen Moment komme ich mir blöd dabei vor, aber dann denke ich: *Scheiß drauf, Frau Goldberg, dieser Mann hat eben dein Leben verteidigt,* und rederederede, während seine Hand ganz vorsichtig den Weg in meine Haare findet. Wow! Diese Gänsehaut geht ganz anders bis zwischen die Zehen als das Ding vor dem Krankenhaus. Ich fange an zu stottern, mit meiner staubtrockenen Zunge zu klickern und zu klackern, bis ich schließlich nur noch krächze. Stefan richtet sich auf und sagt: »Du musst unbedingt etwas trinken. Komm mit, da vorn ist 'ne Tanke. Ich gebe einen Kasten Wasser aus.«

Wir winken den Ponys zum Abschied und gehen tatsächlich Hand in Hand über die Wiese zur Straße. Ist dieser Typ gut? Ist das *mein* Mann? Oder was? Ich glaube, ich habe mich gerade verliebt! Ganz anders, ganz neu und Mick ist plötzlich Geschichte, sehr weit weg. Ist er ja auch wirklich.

HAUSHOCH HINAUS

»Fuck … das ist echt Schei… Ste… an!«

»Wir sind ja gleich oben.«

»Wie … viele Treppen … noch?«

»Gleich, Bo! Gib nicht auf!«

»Ich … kann nicht mehr!«, sage ich, setze mich auf die Steinstufen und keuche vor mich hin. Habe bei hundertsechzignochwas aufgehört zu zählen. Stefan geht vor mir. Er bewegt sich zwar vorsichtig, wegen seiner »Sache«, doch als er locker ein paar Stufen zu mir zurückkehrt, merke ich, der Mann ist trainiert. Anscheinend fällt in diesem Hochhaus öfter der Fahrstuhl aus.

Vielleicht hat Stefan deshalb diesen Körper, denke ich und versuche, wieder zu Atem zu kommen.

Dank der Glasbausteine darf ich nicht einmal die Aussicht genießen, die sich vom Flur des höchsten Hauses der Stadt bieten müsste. Stefan wohnt im elften Stock und wir sind etwa im achten zu Fuß unterwegs, weil der Aufzug streikt.

»Kann ich vorgehen?«, fragt Stefan. Er macht ein besorgtes Gesicht und ich weiß, dass er nachsehen will, ob seine Schwester zu Hause ist. Obwohl wir beide wissen, dass das ziemlich unwahrscheinlich ist.

»Klar«, keuche ich und schäme mich, weil ich schweißnass bin. Doch Stefan lächelt und streicht mit der flachen Hand über die Stirn. Es schmatzt vor Schweiß, seine Hand muss triefen! Ich gehe verschämt in Deckung, doch Stefan scheint sich überhaupt nicht vor meinen Ausdünstungen zu ekeln. Jedenfalls weniger als ich, denn ich würde am liebsten an die nächste Tür klopfen und auf Knien darum bitten, bei wildfremden Leuten duschen zu dürfen.

»Elfter Stock, links raus, die dritte Tür. Da ist so 'n getöpfertes Dings ...«

»Klingelschild?«, frage ich.

»Genau. Außerdem stehen viel zu viele Schuhe vor der Tür. Wir sind unordentlich, sagt jedenfalls meine Mutter«, antwortet Stefan und grinst.

»Wo sind deine Eltern?«, frage ich.

»Seit heute in Urlaub. Bis gleich«, antwortet Stefan und verschwindet.

Durch den Schweiß auf meiner Haut wird es im Treppenhaus merklich kühler und ich stehe mit zitternden Knien auf und mache mich auf den Weg nach oben. Ganz langsam und vorsichtig.

Wie eine alte Frau, denke ich und begegne einem älteren Mann im Lodenmantel, der einen Schäferhund an der Leine nach unten zerrt. Wir nicken uns zu und bedauern uns wahrscheinlich gegenseitig – er mich, weil ich schwitze wie ein Schwein. Voller Mitgefühl denke ich daran, wie beschissen es sein muss, einen Schäferhund zusammen mit einer Wohnung im neunten Stock plus kaputten Fahrstuhl zu haben.

Wenn das Vieh dreimal täglich raus muss, bist du ständig im Treppenhaus unterwegs, denke ich und grinse den beiden hinterher.

»Schadenfreude wird bestraft«, sagt Senta immer, und klar: Sekunden später werde ich angerempelt und falle auf die Fresse. Aber richtig! Fast gehen bei mir wieder die Lichter aus, als ich mit dem Kopf erst an die Wand und dann auf die Treppenstufen knalle. Jemand mit schweren Stiefeln ist die Treppe heruntergepoltert und rennt mich um wie ein Rollkommando. Ich sehe eine dunkelblaue Bomberjacke, an die ich mich später erinnern kann, weil ich mich schon beim Dackelausführer im Lodenmantel darüber gewundert habe, weshalb sich jemand im Hochsommer so warm anzieht, während ich sogar in diesem angenehm kühlen Hausflur zerfließe wie Schokoladeneis auf einer heißen Herdplatte.

Es wird kein kompletter Filmriss, ich erinnere mich zwar an den Rempler als blauen Bomber, doch es dauert eine Weile, bis ich wieder auf die Füße komme. Keine Ahnung, wie lang genau. Irgendwie hat sich unten und oben vertauscht. Alles dreht sich und ich sehe Sternchen. Außerdem ist Blut auf der Treppe, von dem mir schmerzhaft klar wird, dass es mein gutes, schönes, teures, seltenes, Blut ist, das im Hausflur dieser hässlichen Hochhauskiste verschwendet wurde!

»Scheeeeiiiiße!« Die Wut hilft mir weiter nach oben, alle Stufen bis zur Möglichkeit, rechts oder links auf einen balkonartigen Flur mit Brüstung zu treten – wow! Das ist ECHT HOCH! Der Wind weht mir um die Nase, ich bin auf der rechten Seite, sehe fast über die ganze Stadt. Mit Schwindelgefühl und Kopfwunde sollte man sich das nicht zwingend antun, aber der Blick ist echt grandios!

Ich stehe an der Brüstung, knicke in den Knien ein, was gut ist, denn wenn ich vornüber gefallen wäre, hätte es mich glatt über den Betonrand im elften Stock gehebelt. Doch ich knalle lieber auf die Knie und bedaure sofort, dass wir den Rollstuhl haben stehen lassen. Eine Schande ist das!

Viel bekomme ich nicht mehr auf die Reihe, kann gerade eben die schwere Drahtglastür zum Flur und die zweite (für mich noch schwerere) Tür zur linken Seite des Gebäudes aufstoßen. Ich taumele in den Gang und mir fällt auf, was Stefan meinte: Schuhe! Damen- und Herrenschuhe liegen auf dem gesamten Gang verstreut.

Sogar für Unordentliche ZU unordentlich, denke ich und bekomme es mit der Angst zu tun. Plötzlich pfeift mir der Wind unangenehm um die Ohren. Ich gehe an den Fenstern und Türen vorbei, bis ich das getöpferte Schild mit der Aufschrift »CASA SCHNEIDER« neben einer Tür entdecke – die nur angelehnt ist. Dort liegen die meisten Schuhe verstreut, zusammen mit Resten von Blumenerde und Tontopfscherben. Es sieht nach einem Überfall aus. Ich will die Tür nicht aufdrücken, aber unter dem »CASA SCHNEIDER« stehen die Namen der Familienmitglieder, also auch Stefans und der seiner Schwester Katrin.

Nicht, weil ich feige bin, denke ich zitternd. *Es ist nur ... der blaue Bomber von der Treppe ist ganz eindeutig hier gewesen. Ich will Stefan einfach nicht verletzt oder tot sehen! Bitte kein Gemetzel, bitte kein ...*

Ich drücke die Tür auf und denke sogar daran, vorher meinen Ärmel über die Hand zu streifen, wegen der Fingerabrücke und so. Der Anblick raubt mir den Atem: Stefan liegt im Flur auf dem Teppich! Gott sei Dank ist kein Blut zu sehen, sonst hätte es mich sofort umgehauen. Aber der Anblick von Stefans offenem

Mund macht mir Angst. Ganz vorsichtig fühle ich an seinem Hals nach Puls. Ich habe so etwas noch nie gemacht, kenne das nur aus dem Fernsehen und fühle natürlich gar nichts. Aber sein Hals ist warm, das heißt, er ist nicht tot. Und darum geht es hier ja wohl, oder?

»Stefan? Hey …« Ich rüttele an seiner Schulter – nichts. Ich sehe mich nach einem Telefon um und entdecke unter der Garderobe ein altmodisches Tastentelefon. Doch ich höre kein Freizeichen, so oft ich auch auf die Gabel drücke.

Eine Frau in blauem Kittel und rosa Lockenwicklern sieht um die Ecke in den Flur und juchzt vor Schreck – ziemlich merkwürdig.

»Holen Sie einen Notarzt … und die Polizei!«, befehle ich, mit dem Telefonhörer der Schneiders in der Hand. Die Frau ist so erschrocken, dass sie keine Fragen stellt, sondern sofort verschwindet.

Minuten später höre ich Sirenen und sehe über die Brüstung nach unten. Ein Krankentransporter und zwei Streifenwagen parken vor der Treppe des Hochhauses und erinnern mich an die Spielzeugeisenbahn, die Johan früher in unserem Keller aufgebaut hat. Ich gehe wieder zu Stefan, dessen Füße ich in der Zwischenzeit hochgelegt habe. Irgendwoher weiß ich, dass das bei Bewusstlosen helfen soll. In der GALA liest man so was ganz nicht.

Die Frau mit den Lockenwicklern hat sich eine Hose angezogen und lungert vor der Tür herum. »Müssen gleich da sein … Aufzug ist kaputt«, murmelt sie aufgeregt.

Erzähl mir was Neues, denke ich und lege Stefan einen nassen Waschlappen auf die Stirn. Mir kommt es wie Stunden vor, bis endlich jemand den Flur betritt und sich neben mich kniet.

»Die Presse ist hier eigentlich nicht erwünscht«, höre ich eine bekannte Stimme und sehe in das Gesicht des Polizisten, den ich vor gar nicht langer Zeit interviewt habe und der erst gestern Johans Granada angehalten hat.

»Herr Kürten …«

Er beugt sich über Stefan, fühlt seinen Puls, (gekonnter als ich), lächelt mir beruhigend zu und richtet Stefan vorsichtig auf. Der scheint nun im Sitzen zu schlafen und Kürten fragt mich: »Was ist passiert?«

»Weiß ich nicht«, antworte ich. »Aber auf der Treppe mir ist jemand entgegengekommen, der das gewesen sein könnte. Ein Mann mit Bomberjacke, außen blau, Futter orange. Wieso sind Sie eigentlich nicht außer Atem?«

Die Frage hat nichts mit der Sache zu tun, sondern rutscht mir einfach so heraus.

»Spinning«, sagt Kürten und gibt Stefan zwei Ohrfeigen in Links-rechts-Kombination. Der schlägt die Augen auf und schmatzt verstört.

»Wie heißt du?«, fragt Kürten.

»Obi Wan Kenobi«, antwortet Stefan wie aus der Pistole geschossen.

»Was ist dein Sternzeichen?«

»Teddybär!«

»Offensichtlich hast du Glück gehabt, keine Gehirnerschütterung.«

»Oh, das tut gut … etwas tiefer, ja daaa!«, grunzt Stefan, denn der Polizist befühlt Stefans Hinterkopf fachmännisch.

Ich würde das gern übernehmen, denke ich.

Als könnte er meine Gedanken lesen, steht Kürten auf und sagt: »Er gehört wieder dir, Bo.«

»Danke, Sie haben mich repariert«, grinst Stefan im Sitzen und sieht mich an. Ich bin abgelenkt, denn Kürten spricht in sein Funkgerät. Viel kann ich nicht verstehen, die Bomberjacke ist jedenfalls Thema, wahrscheinlich geht es um eine Fahndung. Was mich wirklich beruhigt.

»Ah … unser Jugendbeauftragter ist wieder … auf einem seiner … Kreuzzüge!«, höre ich eine gehässige, atemlos keuchende Stimme, die mir auf Anhieb unsympathisch ist. Ich sehe durch den Flur, wie Kürten draußen an der Tür vorbei Richtung der fiesen Stimme eilt. Die Männer besprechen sich leise auf dem Gang. Ich bedeute Stefan zu schweigen und versuche zu lauschen. Durch den Türrahmen kann ich den Himmel sehen, doch verstehen kann ich nichts.

»Hey! Kümmerst du dich auch mal um mich?«, verlangt er und versucht, auf die Füße zu kommen. Ich helfe ihm.

»Total wackelige Knie«, entschuldigt er sich, als ich Stefan, stützend und ganz vorsichtig, ins Wohnzimmer begleite.

»Was ist passiert?«, will ich wissen.

»Keine Ahnung, die Tür stand einen Spalt auf, als ich kam. Da bin ich rein, aber bevor ich überhaupt begriffen habe, was los ist, rollt eine Dampfwalze über mich hinweg, oder so was.«

»Odersowas ist im Treppenhaus mit mir zusammengestoßen. Was wollte der Typ?«

»Keine Ahnung … ein Einbrecher vielleicht«, sagt Stefan und sieht traurig zu, wie ein sehr schlanker, grauhaariger Mann mit Gummihandschuhen die Türfüllung von »Casa Schneider« betastet. Am Schloss ist das Holz gesplittert. Er murmelt: »Die Tür wurde aufgebrochen, kein Zweifel.«

»Wo sind Ihre Eltern?«
»Im Urlaub.«
»Wo ist Ihre Schwester?«
»Weiß ich nicht.«
»Wann waren Sie zuletzt in der Wohnung?«
»Gestern.«
»Wann genau?«
»Keine Ahnung ... zum Mittagessen. Zwei, halb drei.«
»Wo waren Sie danach? Wo waren Sie letzte Nacht?«
»Im Krankenhaus.«
Aber die dümmste Frage kommt erst noch: »Haben Sie Feinde?«
Meine Fresse. Zwei Cops quetschen Stefan in der winzigen Küche mit dem Milchglasfenster zum Gang aus. Ich warte auf dem Gang, sehe über die Dächer und kriege alles mit. Der Typ mit der fiesen Stimme befragt Stefan.
Kürten steht neben mir und versucht die Nachbarin loszuwerden. Als er das endlich geschafft hat, zündet er sich eine Zigarette an.
»Kann ich auch eine haben?«, frage ich. Er schüttelt den Kopf und bläst eine Wolke über die Brüstung.
»Nicht von mir«, sagt er. »Das bringt dich um.«
»Warum lassen Sie's dann nicht?«
Er lächelt. »Wie alt bist du?«
»Alt genug, um zu rauchen.«
»Aber zu jung, um zu sterben, oder?«

Ich lasse den Polizisten in Ruhe und versuche, in die Küche zu lauschen. Genau in diesem Moment schließt jemand das Fenster. Stefan klingt aufgeregt und verzweifelt, ist aber nicht mehr zu verstehen.

»Was machen die da drin?«, will ich wissen.

Kürten tritt seine Kippe auf dem Betonboden aus, hebt sie auf und lässt den Stummel in einer Tasche seiner Uniform verschwinden, bevor er antwortet.

»Alle Beteiligten müssen verhört werden.«

»Dann komme ich also auch dran?«

»Tut nicht weh«, antwortet er.

Ich bereite mich auf einen Vernehmungsraum und das Spiel »Guter Bulle, böser Bulle« vor, wie ich es aus dem Fernsehen kenne.

»Was ist eine Phimose?«

Kürten sieht mich überrascht an, schüttelt den Kopf und lächelt. Eine Antwort bekomme ich nicht, denn die Nachbarin taucht wieder auf und muss unbedingt etwas von Müllcontainern und Randalierern erzählen, das absolut nicht warten kann.

Kürtens Funkgerät meldet sich. Der Polizist hört dem Geschnatter kurz zu und antwortet knapp. Er bittet die Frau, in ihre Wohnung zurückzugehen, ein Kollege werde die Sache mit den Randalierern gleich aufnehmen. Dann knattert und krächzt sein Funkgerät erneut, er nickt und antwortet erneut. Mir ist völlig schleierhaft, wie er das Gekrächze verstehen kann, vielleicht muss man das jahrelang trainieren. Auf jeden Fall will ich von dem luftigen Balkongang wieder in Stefans Wohnung gehen, als ich hinter mir höre, wie Kürten verblüfft in den Funk fragt: »Goldberg? Johan Goldberg?«

Ich drehe mich in der Tür um und versuche die

Antwort aus dem Funkgerät zu verstehen. Doch Kürten bemerkt mich und dreht sich weg. Ich gehe zu ihm und zupfe ihn am Ärmel, aber er hört dem Funk zu und sagt dann: »Gut, ich fahre hin und informiere die Eltern.«

In mir brennt es plötzlich lichterloh!

Ich habe bei Senta nie verstanden, dass sie einen Aufstand gemacht hat, wenn Johan und ich eine halbe Stunde oder auch mal eine Stunde zu spät nach Hause kamen. Mir war nie genau klar, was sie meinte, wenn sie davon sprach, dass sie sich Sorgen macht. Oder warum sie mit Tränen in den Augen auf der Treppe vor unserem Haus in der Dunkelheit gesessen und gewartet hat, als ich vom Reiten nicht direkt nach Hause, sondern mit zu meiner Freundin Bille gegangen war.

»Warum hast du nicht angerufen!«, hatte sie geschluchzt und mir meine erste Ohrfeige überhaupt verpasst. Dann war sie weinend ins Haus gelaufen, dabei hatte ICH die Schmerzen und stand völlig verwundert im Dunkel vor der Haustür. Na gut, damals war ich fast drei Stunden zu spät und Senta konnte Lars gerade rechtzeitig Bescheid sagen, um zu verhindern, dass er bei den Bullen – sorry, der Polizei – eine Vermisstenmeldung aufgab.

Es ist was passiert! Johan ist irgendetwas zugestoßen, denke ich und es läuft mir gleichzeitig heiß und kalt den Rücken hinunter. DAS war also das Gefühl, unter dem Senta zu leiden hatte, wenn sie nicht wusste, warum wir nicht nach Hause kamen.

»Was ist mit meinem Bruder?«, frage ich Kürten, der ernst und ruhig zu mir herunterschaut.

»Wo ist dein Bruder gerade, weißt du das?«

Oh, nein, nun spielt er mit mir ebenfalls dieses bescheuerte Verhörspielchen. So, als wüsste ich mehr als er, dabei ist es genau anders herum!

»Lassen Sie den Quatsch!«, fahre ich ihn an, wohl etwas zu laut, denn die leisen Stimmen in Stefans Wohnung verstummen plötzlich. »Ich will sofort wissen, was mit Johan ist!«

»Wie redest du denn mit mir?«, fragt Kürten. Im Türrahmen erscheinen die Gesichter der Beamten und Stefans Wuschelkopf. Sie gucken überrascht und sehen alarmiert aus, besonders Stefan.

»Was hast du?«, will er von mir wissen.

»Der Bulle will nicht damit herausrücken, was mit meinem Bruder ist!«, rufe ich aufgebracht.

»Nicht in diesem Ton! Sonst kannst du auf eine Antwort warten, bis du schwarz wirst«, sagt Kürten und zuckt unmittelbar danach erschrocken zusammen, als er merkt, was er gesagt hat.

Aber da herrscht bei mir schon Alarmstufe Rot. Die Tür der Nachbarwohnung wird aufgerissen und die blöde Kuh im Kittel steht wieder auf dem Gang, was mich zusätzlich fuchsteufelswild macht. Ich werde so wütend, dass –

»Ich wollte nur …«, weiter kommt der Polizist nicht, denn bei mir brennen alle Sicherungen durch. Ich schreie und gestikuliere, scheine den Beamten echte Angst einzujagen, habe meinen Ausbruch aber nicht mehr im Griff. Die ganze Nummer verselbstständigt sich, und während mir heiße Tränen der Wut über die Wangen laufen, bemerke ich, dass ich mich bereits völlig lächerlich gemacht habe. Kürten kommt überhaupt nicht mehr zu Wort. Selbst wenn er wollte, könnte er mir nicht sagen, was mit Johan ist, denn er dringt überhaupt nicht mehr zu mir durch.

Polizeistaat, Rassismus, Antisemitismus ... – all das höre ich und kann selbst nicht glauben, dass ich diese Worte in unzusammenhängenden, haltlosen Anklagen kreische. Alles läuft völlig auf Autopilot, ich hatte so was schon mal. Ich stehe neben mir und sehe, wie ich mich zum Affen mache. Wie drei Polizeibeamte, eine doofe Else im Kittel und Stefan, mein lieber, süßer Stefan, mit weit aufgerissenen Augen zusehen, wie eine völlig hysterische Fünfzehnjährige im elften Stock eines Hochhauses die Umgegend mit ihrem Geschrei beschallt.

Es gibt immer jemanden, der den entscheidenden Fehler macht und mich in den nächsten Gang schalten lässt. Sie denken meistens, das sei schon der Höhepunkt und man müsse mich nur am Arm packen, oder so was. Nicht fest, nur, um mich zur Besinnung zu bringen. Lars hat schon mal versucht, mich in den Arm zu nehmen, als ich ausgeklinkt bin. Zunächst sanft, dann fester. Damit ich mich beruhige. Das Ende vom Lied war, dass er eine Platzwunde am Hinterkopf hatte, die mit acht Stichen genäht werden musste.

Kürten macht diesen Fehler nicht, er lässt mich einfach auf ihn einschimpfen und verzieht keine Miene. Anscheinend kennt er solche Ausraster und fast ist es so, als würde meine Wut langsam verrauchen, weil Kürten sie nicht damit füttert, sich zu wehren oder mir zu widersprechen. Doch gerade als meine Stimme nicht mehr klingt wie eine Kreissäge, macht der Bulle in Jeans und Lederjacke aus dem Türeingang den Fehler.

»Jetzt hör aber mal auf mit dem Scheiß!«, blafft er.

Und dann sind es schon zwei falsche Dinge, die der Mann mit dem Schnauzbart tut, denn als Nächstes packt er mich am Arm. Es geht alles sehr schnell: Ich winde mich aus seinem Griff und platziere in der Drehung den Ellbogen meines anderen Arms mitten auf seiner Nase.

Kürten zuckt zusammen, dann geht er zwischen den Bullen und mich, denn der Typ will sich auf mich stürzen. Blut schießt aus seiner Nase, als hätte man einen Hahn aufgedreht.

Die Frau schlägt entsetzt die Hand vor ihr Gesicht, reißt den Mund auf und übernimmt meinen Part. Ihre Kreissäge ist nicht ganz so laut wie meine, dafür aber schriller – was es nicht weniger schmerzhaft für alle Anwesenden macht.

Ich bin schon mit einem Bein halb über die Brüstung. Die Steinchen in der Betonplatte kratzen über meine Haut, aber in diesem Augenblick bin ich völlig schmerzfrei und erkenne elf Stockwerke unter mir Passanten, die vor der kleinen Sparkasse, dem kleinen Supermarkt und der kleinen Bushaltestelle stehen und nach oben starren.

Wie die Spielzeugfiguren von Johans Eisenbahn, denke ich. Und will irgendwie da hin, nach unten, zu denen.

Dann klatscht es und mein Gesicht beginnt zu brennen. Erst die linke Wange, dann – klatsch – brennt auch meine rechte. Durch Tränen in den Augen erkenne ich das Gesicht von Stefan, der vor mir steht, mir über die Brüstung zurück in den Gang hilft und völlig verzweifelt guckt, weil er mir gleich zweimal eine gescheuert hat.

»Danke, das war echt … nett«, stammele ich. Sehe

mir den purpurroten Schaden auf dem Gang, den Klamotten und im Gesicht des Bullen an, der mich hasserfüllt anschreit. Doch ich höre ihn nicht, denn das Summen in meinen Ohren hat eine betörende Lautstärke angenommen. Das Rot kommt immer näher ...

Cool, ich fliege, denke ich und falle stattdessen leider auf die Fresse. Direkt in das Blut des Polizisten auf dem Boden vor Stefans Wohnung.

Wo ist eigentlich Katrin?, kann ich mich noch fragen, dann passiert, was bei mir in Kombination mit Blut immer passiert: Es wird dunkel. Ich gebe den Löffel ab.

KRIMINELL!

Es rauscht. Ich bin wieder da, lasse die Augen aber noch geschlossen. Von der Schaukelei wird mir auf Anhieb ein wenig übel, doch es geht, kotzen muss ich nicht. Eine männliche Stimme fragt: »Was soll das mit dem Antisemitismus eigentlich? Sie ist keine Jüdin, oder?«

Eine jüngere, ebenfalls männliche, Stimme antwortet: »Doch. Bo hat sich taufen lassen.«

»Nennt man das taufen, wenn jemand dem Judentum beitritt?«, fragt der Ältere.

»Keine Ahnung, aber ›beitreten‹ heißt es ganz sicher nicht«, lacht der Jüngere.

»Man nennt es ›konvertieren‹, glaube ich.«

»Nee, nee«, sagt der Ältere bestimmt. »Konvertieren kann man nur von einer Religion zur anderen.«

»Könnt ihr bitte mal die Klappe halten«, sage ich und richte mich auf. Vorn links sitzt Kürten und fährt. Daneben Stefan, der mir vorhin so lieb zwei Ohrfeigen verpasst hat. Ich schmatze, habe einen furchtbaren Geschmack im Mund.

»Was ist passiert?«

»Du hast dich auf einer Trage elf Stockwerke durch ein Hochhaus mit defektem Fahrstuhl nach unten schleppen lassen«, antwortet Kürten und grinst in den Rückspiegel seines Polizeiwagens.

»Was ist daran so lustig?«

»Oh, nichts weiter«, antwortet Stefan und tauscht einen Blick mit Kürten. »Nur, dass du den Sanitätern in den Wagen gekotzt hast, als sie endlich mit dir unten angekommen sind. Die armen Kerle waren völlig am Ende.«

»Und nicht besonders froh über den Geruch in ihrem Fahrzeug«, ergänzt Kürten. »Sie haben sich geweigert, dich zu transportieren, und uns diese schöne Aufgabe übertragen. Die haben sogar die Verantwortung für unseren Transport und dein Wohlergehen übernommen.«

»Beschissene Rassistenschweine«, sage ich.

»Jetzt aber bitte nicht wieder austicken«, bittet Stefan. »Das hatten wir schon.«

»Kannst mir ja wieder eine knallen«, antworte ich und starre aus dem Fenster. Für einen Moment herrscht betretenes Schweigen im Wagen – bis mich die Erinnerung wie der Blitz in den Bauch trifft. »Was ist mit Johan?«

»Er ist gesund und in Sicherheit«, antwortet Kürten, als hätte er die ganze Zeit auf diese Frage von mir gewartet.

»Was war das dann für ein Funkspruch über Johan?«, will ich wissen.

»Die Einzelheiten werde ich mit dir und deiner Familie zusammen besprechen, wenn du nichts dagegen hast. Dann muss ich nicht alles zweimal erzählen. Wieso kann man eigentlich nicht bei euch anrufen? Habt ihr die Rechnung nicht bezahlt?«

»Wir sind gleich da«, sagt Stefan und lächelt mir über die Schulter hinweg zu. Doch ich vermeide seinen Blick, kauere mich auf der Rückbank zusammen und starre schweigend aus dem Fenster. Ich weiß, dass er denkt, ich sei sauer auf ihn. Doch hauptsächlich bin ich sauer auf mich selbst. Ich schäme mich gewaltig für die Nummer im elften Stock. Natürlich auch für die Geschichte mit den Sanitätern und der Kotzerei im Erdgeschoss. Aber daran kann ich mich zum Glück nicht erinnern. Kürten fährt in den Kreisverkehr, an Aldi vorbei. Ich muss an Lars denken, der den Discounter in seiner unmittelbaren Nachbarschaft nicht leiden kann. Wir passieren meinen Lieblingsdönerladen neben der Reinigung, von dem Johan behauptet, ich würde dort einziehen, wenn ich könnte. Dann schert der Polizeiwagen aus dem Kreisverkehr und biegt rechts ab in unsere Straße.

Home, sweet home, denke ich und komme mir auf einmal total fremd in dieser Stadt und dieser Straße vor. Das Gefühl hatte ich schon lange nicht mehr.

Was ist bloß mit mir los? Erst der Ausraster und nun das?, frage ich mich und sorge dafür, dass weder der Polizeibeamte noch Stefan meine Tränen mitbekommen.

Ich gehe voraus über den Plattenweg zum Eingang, auf dessen Marmorabsatz Senta gesessen hat. Damals, als sie so verzweifelt war, weil sie auf mich warten musste.

Lars hat anscheinend den Streifenwagen gesehen, denn er stürmt aufgeregt aus der Tür und sieht erst mich, dann Stefan und zuletzt den Polizisten an. Eigentlich kann ich es Lars nicht verübeln, dass er falsche Schlüsse zieht. Aber es gibt mir dennoch einen Stich, dass er Kürten fragt: »Was ist passiert? Was hat Bo jetzt wieder angestellt?«

»Nein, nein …«, beginnt Kürten und ich spare mir den Rest. Gehe einfach ins Wohnzimmer vor, damit wir uns dort versammeln und möglichst schnell erfahren, was mit Johan ist. Familienrat.

Pah! Von welcher Familie denn?, denke ich und weiß ganz genau, dass ich eine ungerechte, miese, unansehnliche, nach Kotze stinkende Unperson bin, die hier überhaupt nicht …

Senta springt vom Sofa auf, als sie mich sieht. Sie lässt die GALA fallen, die ich in Johans Zimmer gelesen habe, als alles noch in Ordnung war. Sie eilt zu mir und kniet sich vor mich hin. Ihre Hände fassen meine Schultern und Senta sieht mir in die Augen. Sie weiß, was mit mir los ist. Immer schon. Seit ich elf Monate alt bin. Sie nickt und ich breche in Tränen aus. Dann drücke ich sie fest an mich und es wird ganz warm und feucht zwischen unseren Gesichtern, denn ich schwitze. Aber ich weine eben auch und bekomme überhaupt keine Luft mehr und keinen Ton heraus. Draußen kann ich die Männer, Lars, Stefan und Kürten hören und Senta drückt und hält mich, ohne mir eine einzige Frage zu stellen. Das kann sie gut. Deshalb ist sie auch die Einzige, die mich so klammern darf, ohne dass ich explodiere. Das war schon immer so. Na ja, fast immer.

Allmählich gehöre ich wieder in diesen Raum und bekomme auch wieder Luft. Als könnte sie es spüren, schiebt mich Senta genau zur rechten Zeit ein wenig von sich und sieht mir in die verheulten Augen. Sie fragt nicht, sondern lässt mich durchatmen und stammeln: »Johan! Es ist was mit Johan!«

Die Männer betreten den Raum. Einer davon in Uniform. Ich weiß ganz genau, was es Senta kostet, mich nicht wegzustoßen und nicht zu dem Polizisten zu rennen, um sofort zu erfahren, was mit ihrem Sohn passiert ist.

Sie blinzelt, beugt sich zu mir vor, als besprächen wir eins unserer Geheimnisse, und fragt leise: »Was ist mit deinem Bruder?«

Ich schluchze erneut und kann nicht sagen, was ich weiß – dass Johan lebt, dass er gesund ist, obwohl unser Auftritt nach etwas ganz anderem aussieht. Senta muss all ihre Kraft aufbringen, ganz langsam aufzustehen, mich an die Hand zu nehmen und den Polizisten anzusehen.

»Alles in Ordnung, Frau Goldberg«, sagt Kürten und wirkt etwas verlegen.

Senta richtet sich zu voller Größe auf. »Sie wären nicht hier, wenn alles in Ordnung wäre. Oder täusche ich mich?«

Kürten, Lars und Stefan sehen plötzlich aus wie Schuljungs. Stefan und Lars scharren betreten mit den Füßen, offensichtlich hat Kürten sie schon eingeweiht.

»Ich habe eben eine Meldung bekommen, dass Ihr Sohn vorläufig festgenommen wurde, Frau Goldberg.«

»Wo und warum?«, fragt Senta wie aus der Pistole geschossen.

Kürten hat großen Respekt vor meiner Mutter, denke ich und mir fällt auf, dass es mir ganz genauso geht. *Allerdings habe ich weniger Angst als er gerade*, finde ich und lächle schadenfroh. *Hauptsache mit meinem Bruder ist alles in Ordnung!*

Plötzlich sind sie wieder mit Leib und Seele meine Familie. Ohne Zweifel.

»Ihr Sohn wurde wegen Verdachts auf Autodiebstahl eines Ford Granada und Fahrerflucht in

Zusammenhang mit einem Unfall auf der A7 Richtung Kiel festgenommen«, sagt Kürten und bemüht sich um einen betont dienstlichen Ausdruck.

»Den Wagen hat er rechtmäßig gekauft«, sagt Senta.

»Ich weiß«, antwortet der Beamte und spart sich die Erklärung, dass er uns bei Johans erster Spritztour mit dem Granada einer gründlichen Verkehrskontrolle zur Ausbildung eines Jungbullen unterzogen hat. »Die Anzeige wegen Fahrerflucht entbehrt ebenfalls jeglicher Grundlage, wie man der Dienststelle aus Eckernförde mitgeteilt hat.«

»Wieso?«, will Senta wissen.

»Es gab keinen Unfall auf der A7. Insofern kann es auch keine Fahrerflucht geben. Logischerweise.«

Der Fluch! Ich sage nichts, beiße mir auf die Zunge und drücke Sentas Hand. Sie holt tief Luft: »Und dann wagen Sie es, uns so eine Scheißangst einzujagen?«

Ein Euro.

»Vielleicht schwingen Sie Ihren Arsch ...«

Zwei Euro. Die Kasse klingelt!

»... endlich in dieses Eckerndings ...«

»Förde«, versucht Kürten zu helfen und gießt stattdessen Benzin in Sentas Feuer.

»Ist mir kackegal, wie dieses Scheißkaff heißt!«

Ich zähle mit und grinse heimlich.

»Entschuldigen Sie, Frau Goldberg, aber so einfach geht das nicht ...«

»Haben Sie was an den Ohren? Treten sie Ihren hirnamputierten Kollegen gefälligst in den Arsch und holen Sie meinen Sohn aus dem Knast!«

Sind das jetzt fünf oder sechs Euro? Ich verliere den Überblick! Sie flucht schneller, als ich mitzählen kann.

»Es wird alles in die Wege geleitet, gnädige Frau! Ihrem Sohn geht es gut. Ich habe mich persönlich davon überzeugt.«

»Schatz, wir sollten Herrn Kürten zunächst einen Kaffee anbieten, bevor du ihn lynchst. Meinst du nicht?«

Das ist typisch Lars! Sein Humor ist einfach genial! Ich pruste los und freue mich zu sehen, dass Stefan ebenfalls lächelt. Er hat es kapiert. Kürten ist sich anscheinend nicht sicher, ob wir alle tatsächlich total bekloppt sind oder nur so tun.

Senta wendet sich an mich: »Wie viel?«

»Mit ›hirnamputiert‹ sechs Euro, glaube ich.«

»Ein rein medizinischer Begriff, der an sich neutral ist und in gewissen Zusammenhängen als Beschimpfung verwendet werden kann. Sagen wir fünf, einverstanden?«

»Okay.« Während Senta mir den Geldschein reicht, wendet sie sich an Kürten: »Jeder Fluch ein Euro. Sie glauben nicht, wie gut diese Spielregel unsere Umgangsformen und das Sprachverständnis schult.«

Endlich hat Kürten es verstanden. Er lächelt mich an, und ich begreife, dass er und ich ab jetzt ein Geheimnis haben. Dass ich nämlich meinen Auftritt im Hochhaus niemals bezahlen könnte, wenn er mich auffliegen lassen würde.

»Was darf ich Ihnen bringen? Ein lauwarmes Wasser oder eine warme Cola?«, fragt Senta, nun ganz die formvollendete Gastgeberin.

»Ich nehm eine Scheißcola!«, herrscht Kürten meine Mutter an. Für eine Sekunde verspannen sich alle im Zimmer. Dann beginnt Senta zu lachen und wir lachen mit, bis uns die Tränen kommen.

Viel Zeit hat Kürten nicht, sagt er. Doch Senta lässt es sich nicht nehmen, den Wohnzimmertisch mit einer Decke und gutem Porzellan aufzurüsten. Während der ersten lauwarmen Cola wird geklärt, dass Johan und Mick unverzüglich aus der Untersuchungshaft in Eckernförde entlassen werden müssen. Kürten verspricht, das persönlich in die Wege zu leiten. Dann will er wissen, warum so viele Kerzen und Teelichte herumstehen, die Cola nicht gekühlt ist und man bei uns nicht anrufen kann.

Lars hat in der Zwischenzeit herausfinden können, dass der Telefonanschluss angeblich von ihm selbst gekündigt worden sein soll. Aber er hat er nicht getan, betont er, und dass er sich keinen Reim darauf machen kann.

Bei diesem Gespräch fällt Stefan auf, dass auch der Strom im Hochhaus weg war, genauer: Der Kühlschrank in der Wohnung Schneider taut ab und das Licht geht nicht mehr.

»Dein Handy auch nicht«, ergänze ich.

»Unser Stromanschluss wurde irgendwie gekappt«, sagt Senta, »alle unsere Handys sind ebenfalls tot. Das scheint so etwas wie eine Racheaktion zu sein.«

»Das erklärt vielleicht, warum unsere Nerven blank liegen«, fügt Lars hinzu.

»Haben die Familien Goldberg und Schneider gemeinsame Feinde?«, will Kürten wissen.

Stefan zögert, sieht mich an und öffnet den Mund, um etwas zu sagen. Unter dem Tisch kassiert er einen Tritt von mir, der bedeutet, dass er die Klappe halten soll. Die Gläser auf dem Tisch macht einen Satz. Stefan entschuldigt sich hustend und fragt nach dem Klo.

Ich gebe den Erwachsenen eine halbe Minute Zeit zu rätseln, was der Junge hat, bevor ich das Wohnzimmer ebenfalls verlasse.

Stefan wartet im Flur, zerrt mich von der Tür weg und versucht, mich flüsternd anzuschreien: »Hast du sie noch alle? Was fällt dir ein, mir in die Knochen zu treten?«

»Du warst drauf und dran, von unserem Computertrip zu erzählen, oder etwa nicht? Bist du verrückt? Das ist kriminell!«

»Und wenn schon, wir müssen Kretschmann das Handwerk legen, bevor er noch mehr Unheil anrichtet.«

Für Stefan scheint völlig klar zu sein, dass der Lehrer hinter dem Einbruch und den Racheakten steckt.

»Glaubst du im Ernst, er bricht eure Tür auf, um nach Katrin zu suchen?«

»Warum nicht?«, antwortet Stefan. »Wir haben ihm mitgeteilt, dass meine Schwester nichts mehr von ihm wissen will. Er hat Schiss, dass jetzt alles auffliegt. Das müssen wir dem Bullen erzählen!«

»Überleg doch mal«, bitte ich Stefan, »du hast Kretschmann das Computernetzwerk überhaupt erst eingerichtet. Wie bist du zu dieser Ehre gekommen?«

»Weil er keine Ahnung von Computern und Technik hat«, antwortet Stefan.

»Na also! Wie soll Kretschmann dann per Internet unsere Telefone lahm legen oder uns den Strom kappen? Ohne Passworte und entsprechendes Wissen, wie so was funktioniert?«

»Stimmt, das könnte nicht einmal ich«, gibt Stefan zu.

»Also war es nicht Kretschmann. Aber irgendwer

kann das und hat all das getan ... Was ist mit deiner Schwester?«

Stefan sieht mich entrüstet an. »Glaubst du etwa, sie hätte ...?«

»Quatsch«, unterbreche ich, »aber wo ist sie? Die Sache mit Kretschmann ist doch schlimm für Katrin. Willst du ihr nicht helfen?«

Stefan sieht mich ertappt an und beißt sich auf die Lippe.

»Du hast recht«, sagt er und geht zur Haustür.

»Wo willst du hin?«

»Ich glaube, ich weiß, wo Katrin ist.«

Stefan öffnet die Tür, hat es eilig und zögert trotzdem. Er beugt sich vor, ziemlich unentschlossen, als wolle er mir einen Kuss auf die Wange geben. Traut sich aber nicht. Außerdem weiche ich zurück.

»Was hast du vor?«

»Äh, ich ...« Er läuft tiefrot an, das kann ich sogar in dem dunklen Flur erkennen.

Ich schnappe mir eine Jacke von der Garderobe und helfe ihm aus der Klemme.

»Willst du etwa allein los? Kommt nicht in Frage! Jemand muss dir in den Bus helfen, schon vergessen?«

Stefan grinst verlegen. »Danke.«

»Also los.«

Ich ziehe die Tür leise hinter uns ins Schloss. Es besteht absolut kein Grund, die Erwachsenen einzuweihen. Johan ist außer Gefahr, in Untersuchungshaft ist er sozusagen in Sicherheit. Mick ebenso, obwohl mich das mittlerweile weniger interessiert. Auf jeden Fall weniger als die Frage, wie es Stefans Schwester gerade geht.

PEDAL TO THE METAL!

EPISODE TWO

Wir lassen den Quatsch mit dem Bus und nehmen mein Rad. Ich habe Stefan natürlich hoch und heilig versprechen müssen vorsichtig zu fahren, keine Bordsteine rauf und runter und so weiter. Er sitzt im Damensitz auf dem Gepäckträger und hat die Beine verschränkt. Ab und zu sehe ich mich nach ihm um.

»Du machst ein Gesicht, als würdest du gerade kacken.«

»Ganz im Gegenteil, Schandmaul«, antwortet er, »ich kneife den Hintern zusammen, dann tut's nicht so weh … Warum hältst du an?«

Ich steige vor einem Kiosk ab und bitte Stefan, das Rad zu halten. In dem Büdchen kaufe ich eine Flasche Wasser und eine Telefonkarte. Draußen trinke ich einen tiefen Schluck und rülpse vernehmlich.

»Ich glaube, du bist in Wirklichkeit ein wiedergeborener Bauarbeiter.«

»Klar, deshalb habe ich auch diese Muckis und bin so schön braun«, lache ich und spanne meinen kleinen Bizeps.

»Wieso keine Cola?«, fragt Stefan, nachdem er getrunken und extra nicht gerülpst hat. Obwohl das bei diesem Sprudel eigentlich völlig unmöglich ist.

»Willst du ein fetter Diabetiker werden?«

»Schon mal was von Cola light gehört?«

»Bei dem Geschmack von dem Zeug fällt mir die Zunge ab«, antworte ich und schiebe das Rad über die Straße zu einem öffentlichen Telefon. Stefan folgt mit der Sprudelwasserflasche.

»Was hast du vor?«

»Ich versuche, Johan zu erreichen.«

Ich wähle die neue Mobilnummer, die Johan mir, trotz unserer dicken Luft, auf dem Schreibtisch hinterlassen hat. Es klingelt ein paarmal, ich will gerade auflegen, als ich Johans Stimme höre: »Jo?«

Sofort schießen mir Tränen in die Augen, denn ich vermisse den großen Schwachkopf auf einmal so sehr, dass es schon wehtut.

»Du sollst dich anständig melden, verdammte Scheiße!«, schnauze ich ihn an und lache erleichtert. Stefan steht neben mir und schüttelt schon wieder den Kopf über meine Ausdrucksweise.

»Wieso? Wer mich anruft, weiß doch, wen er will. Wie geht's meiner dicken dunklen Schwester mit dem Krausköpfchen?«

»Hier ist alles total merkwürdig, was ist das für 'ne Nummer?«

»Ich habe mir an der Tanke so 'ne Prepaidkarte gekauft, bevor wir los sind, die kann der Arsch nicht abmelden. Hast du gehört, was passiert ist?«

Ich antworte, dass ich über die gefälschten Anzeigen Bescheid weiß und beobachte dabei den Gebührenzähler. Telefonieren ist echt teuer!

»Wir sind noch auf der Wache in Eckernförde. Aber bald wieder auf der Straße. Alle Anzeigen werden zurückgezogen und den Wagen geben sie uns auch wieder. Ich schätze, dass wir heute Abend noch die Fähre erreichen. Wer hat uns da so schnell rausgehauen? War das Mama?«

Es fällt mir auf, dass es für ihn das Natürlichste der Welt zu sein scheint, dass Senta immer alles für ihn regelt. Alles wieder geradebiegt, wenn einer von uns in Schwierigkeiten steckt. Ganz Unrecht hat er damit ja nicht.

»Hauptsächlich war es ein Bulle namens Kürten.«

»Ich werd verrückt. Der Typ, der uns angehalten hat?«

»Genau, er sitzt gerade bei Senta und Lars auf dem Sofa. Aber hier ist noch mehr verrücktes Zeug passiert ...«

Das blöde Telefon beginnt zu piepen, ich spreche immer schneller. »Bei Stefan ist eingebrochen worden. Nix geklaut, aber alle Zimmer wurden durchwühlt, besonders Katrins, und ...«

Die Verbindung wird unterbrochen und die Telefonkarte springt aus dem Apparat.

»Himmelarschkacke!«, fluche ich und ramme den Hörer auf die Gabel.

Stefan tut so, als habe er es nicht gehört.

»Sind Mick und Jo okay?«

»Ja. Sie bekommen den Wagen wieder und fahren dann weiter an die Küste. Wir sollten auch los, aber warte mal kurz ...«

Ich renne noch mal in den Kiosk, denn Johan hat mich auf eine Idee gebracht. Ich lasse mir gerade von dem freundlichen Marokkaner helfen, eine Prepaidkarte ins Handy einzubauen, als Stefan seinen Kopf in den Laden steckt und sich wundert.

»Du hast dein Handy dabei? Ich dachte, das wäre tot.«

»Ist es auch«, antworte ich, »aber ohne fühle ich mich irgendwie nackt.«

Der Ladenbesitzer grinst, die Vorstellung scheint ihm zu gefallen, und reicht mir das Handy und eine Plastikkarte, auf der meine neue Telefonnummer steht.

»Das macht dann neunzehn Euro, bitte.«

»Was?« Ich starre auf die Karte. »Hier steht fünfzehn Euro drauf.«

Der Marokkaner erklärt mir geduldig, dass die fünfzehn Euro Gesprächsguthaben sind, die Karte kostet extra. Dafür seien Einbau, Einrichtung und Service umsonst.

»Was für Service?«

Ich lamentiere herum, wir handeln und feilschen, streiten und gestikulieren eine Weile, was Stefan sichtlich unangenehm zu sein scheint. Bis wir uns endlich bei siebzehn Euro treffen. Dafür lasse ich den Besitzer im Gegenzug noch für einen Euro Gummifutter aus tausendundeinem Glas kramen, während ich Johan meine neue Telefonnummer als SMS schicke. Ich hoffe, dass Johan mich bald zurückruft. Denn ab jetzt wird gespart. Dann trennen sich der Marokkaner und ich als gute Freunde und zähe Verhandlungspartner, wie sich das gehört.

»Was war das denn für 'ne Nummer?«, grinst Stefan kopfschüttelnd, als wir wieder draußen sind, und nimmt vorsichtig auf dem Gepäckträger Platz. Ich schiebe das Rad auf der Straße an und springe auf. Zuerst eiern wir ziemlich herum, ein hupender Wagen weicht uns aus, Stefan flucht und schreit herum, dass wir alle sterben werden. Aber nach den ersten Metern liegen wir wie ein Brett auf der Straße und ich frage ihn, ohne mich umzudrehen: »Wie ist denn deine Schwester so?«

»Du kennst Katrin doch.«

»Nur vom Sehen. Damals vom Schulhof. Da war sie nett.«

»Hm ... ist sie wahrscheinlich immer noch.«

Ich kapiere Stefans Antwort nicht, bin für einen Moment abgelenkt und achte nicht auf die Straße. Wir hoppeln über einen Ast und ich verliere fast die Kontrolle über das Rad.

»Au! Scheiße! Pass doch auf!«

»So sehr unterscheidet sich deine Ausdrucksweise auch nicht von meiner. Was ist nun mit deiner Schwester?«

»Was soll mit ihr sein? Sie ist so alt wie ich, nur schwieriger. Sie ist bis auf zwei Zentimeter fast so groß wie ich. Ich bin schneller im Laufen, dafür ist sie stärker beim Armdrücken. Besonders, wenn sie sauer wird. Weil sie total schlecht verlieren kann. Vor allem hat sie einen Hang zu den falschen Männern.« Stefan verstummt, als wäre ihm der letzte Satz nur rausgerutscht.

»Sie steht auf ältere Männer«, versuche ich das Gespräch fortzusetzen, denn es wird gerade interessant.

»Ja, das auch.«

Stefan hat keine Lust, weiter über das Thema zu reden. Ist mir nur recht. Ich brauche meine Puste mittlerweile, um nicht ohnmächtig vom Rad zu fallen. Der Schweiß läuft mir in Strömen den Körper hinunter bis in die Turnschuhe. Wir sind stadtauswärts durch das Industriegebiet unterwegs, vorbei an Autohäusern fast aller Marken, Pizzabuden, Tankstellen, Döner- und Pommesbuden. Fast alle haben das Wort »Truck« im Namen, fällt mir auf. *Truck Inn, Trucker's Paradise, Truck Stop*, es nimmt überhaupt kein Ende mehr.

»Hier, Bo! Rechts rein, dann sind wir da.«

Ohne antworten zu können biege ich ab und keuche leise vor mich hin. Am Ende eines großen Parkplatzes steht eine große Wellblechhalle. Ich sehe schon Sternchen und kleine Blitze vor den Augen, aber bis zu der verkackten Halle schaffe ich es noch, nehme ich mir trotzig vor. Und tatsächlich, wir kommen bis zum Fahrradständer, ohne vorher auf die Schnauze zu fallen. Stefan springt ab und reibt sich den Hintern. Ich betrachte das Schild über der Eingangstür: KART-CENTER NORD. Es ist teilweise mit einem riesigen Fledermaus-Kunstwerk übersprayt worden.

Na ja, denke ich, *wenigstens kein »Truck« im Titel.* Was wir hier sollen, ist mir allerdings nicht klar.

»War ich zu langsam? Willst du ein Gokart klauen, um schneller weiterzukommen?«

»Gokarts sind die zum treten«, antwortet Stefan und grinst. »Die Kisten hier haben einen Motor und sind höllisch schnell!«

»Das ist nicht dein Ernst, oder? Ich hab' mich ab-gestrampelt, weil du mit Gokarts spielen willst!? Ich denke, wir suchen deine Schwester.«

»Machen wir auch, Bo. Aber tu mir einen Gefallen, wenn wir drin sind.«

»Und der wäre?«

»Sag auf gar keinen Fall ›Gokart‹! Kannst du dir das merken? Bitte!«

In der Halle dröhnt und stinkt es. Vor lauter Adrenalin und Auspuffgasen kann man kaum atmen. Überall liegen alte Autoreifen herum. Wenn man genauer hinsieht, ist zu erkennen, dass Wahnsinnige in kreischenden und qualmenden Gokarts (ha!) einer Strecke folgen, die von Altreifen begrenzt wird.

Für mich ist das ein Bild direkt aus der Hölle, inklusive Surround-Ton. Doch ich weiß von Johan, dass Jungs bei diesem Anblick glänzende Augen bekommen, vor allem wenn sie noch keinen Führerschein haben. Sich als Fahrer auf einer überdimensionalen Carrerabahn austoben zu dürfen, bedeutet für sie pures Glück. So merkwürdig das klingen mag.

Direkt neben dem Eingang der Kartbahnhalle befindet sich eine Theke mit dem geistreichen Namen »BOXEN-STOPP«. Ich sehe mich verstohlen nach einem großen blonden Typen namens Alex um. Den möchte ich hier nicht unbedingt wiedertreffen.

Als ich vor zwei Jahren für meinen Artikel für die Schülerzeitung recherchierte, war er sehr freundlich und stellte sich als Geschäftsführer vor. Er zeigte mir sein Paradies für Jungs und Jungsgebliebene.

Nachdem mein Artikel erschienen war, drohte Alex mir in der Fußgängerzone Prügel an. Es stellte sich heraus, dass er nur der Hiwi zum Reifensortieren und Getränkekistenschleppen war. Der Artikel hatte dazu geführt, dass er erst mal gefeuert wurde. Ich hatte zwar Informationen von Alex verwendet, war mir aber keiner Schuld bewusst. Natürlich hatte ich meiner Meinung über die Energieverschwendung dieses stinkenden Spektakels Ausdruck gegeben. Irgendwie muss der Chef der Kartbahn den Artikel in den falschen Hals bekommen haben.

Hinter der Metalltheke des BOXEN-STOPP steht ein Typ mit Stiernacken und raspelkurzen, schwarz gefärbten Gelhaaren und poliert Gläser. Als er mich sieht, beugt er sich vor und grinst anzüglich. »Hallo, Schönheit, willst du einen Kakao?«

Alarmstufe rot. Es ist jedes Mal das Gleiche. Die Idioten brauchen bei mir nur auf den richtigen Knopf zu drücken und ich bin bereit, einen Krieg anzufangen. Egal, wie stark der Gegner auch immer sein mag. Doch Stefan krallt sich schnell genug in meine Schulter und hält mich fest, bis mir vor Schmerz die Augen tränen. Oder weine ich vor Wut?

»Wo ist Kati?«, blafft Stefan.

»Wat willst' du denn?«, fragt der Stier und grinst überheblich.

Stefan geht an den Tresen, holt aus und tritt mit aller Kraft gegen das geriffelte Metzgerblech der Barverkleidung. Es scheppert gewaltig. Von den behelmten Gokartfahrern bekommt bei dem Gedröhn kaum einer etwas davon mit. Nur der Tresenstier zuckt zusammen.

»Wo ist meine Schwester, du Penner?«

»Du bist wohl nicht ganz dicht, wie?« Der Stier lässt sein Handtuch fallen.

Ein neuer Tritt von Stefan gegen den Tresen. Etwas fester. Einige Gläser fallen um. Eine Flasche Weizenbier läuft aus und schäumt über die frisch polierten Gläser. Mir kommt der Gedanke, dass Stefan zu weit gegangen sein könnte. Aber der hat die Ruhe weg: »Wo ist Kati?«

»Ey, ich schraub' dir die Rübe ab!«, brüllt der Stier und eilt, für seine Körpergröße erstaunlich schnell, um den Blechtresen.

Ich weiche vorsichtshalber ein paar Schritte zurück

und stolpere über einen der Autoreifen am Rand der Bahn. Lande auf meinem Hintern in dem Reifen und sehe quäkende Gokarts vorüberrasen.

Als ich mich wieder umdrehe, liegt der Stier vor dem Tresen auf dem Boden. Einer der Barhocker ist umgefallen und stört das ansonsten aufgeräumte Bild ein wenig. Doch es sieht fast friedlich aus, wie Stefan über dem liegenden Muskelpaket kniet. Na ja, der Arm des Barkeepers ist etwas unnatürlich in die Luft gereckt, zu schreien scheint der Typ ebenfalls. Doch es ist durch den Motorenlärm kaum zu hören. Auf mein Mitleid kann er nicht zählen. Ich kann zwar keine Lippen lesen, bin mir aber ziemlich sicher, dass der Stiernacken sich gerade erneut weigert, die Hunderttausend-Euro-Frage zu beantworten.

Stefan biegt den Arm des Kerls weiter nach hinten. Das sieht nun wirklich nicht mehr natürlich aus. Ich stehe auf, weil es richtig hässlich zu werden droht. Das will ich verhindern. Die quäkenden Kleinfahrzeuge auf dem Gummireifenparcours können das Geschrei des Stiernackens nämlich nicht mehr übertönen. Das kann eine weibliche Stimme hinter mir viel besser: »Steff! Lass ihn SOFORT los!«

Ich drehe mich um, und das Erste, was ich denke, ist: *Oh, Mann! Was ein Vierteljahr alles mit einem Menschen anstellen kann.* So lange muss es nämlich ungefähr her sein, das ich Katrin zuletzt in der Schule gesehen habe. Sie ist ihrem Bruder immer noch wie aus dem Gesicht geschnitten. Das ist aber so ziemlich das Einzige, was von der alten Katrin noch übrig ist. Ansonsten sieht sie aus wie eine jugendfreie Ausgabe von Vampirella, Königin der großbusigen unsterblichen weiblichen Comicfledermäuse, für die Johan ohne zu zögern mit dem Blutsaugen anfangen würde. Sie rauscht in ihrem schwarzen Lederumhang an mir vorbei und zerrt Stefan von dem wimmernden Typen weg, der fast doppelt so groß und breit ist wie ihr Bruder. Er hält sich den mit Fledermäusen tätowierten Arm und schluchzt schniefend.

Erst jetzt fällt mir auf, dass die Halle ebenfalls mit Motiven von Fledermäusen und Totenköpfen dekoriert ist. Außerdem kapiere ich, warum fast alle Gokarts – ALSO GUT, »Karts« – komplett in schwarz und Chrom auf der Piste unterwegs sind und wieso die Fahrer aussehen, als wären sie alle Mitglieder der *Addams Family*. Die ganze Nummer scheint eine Art Themenpark für Gruftis geworden zu sein, seit ich zuletzt hier war. Die falsche Vampirella hilft dem Stiernacken auf die Füße, der auch noch »Jürgen« heißt und jammert wie ein kleines Kind. Ich stelle mich neben Stefan und kann nicht anders: »Die Vampire von heute sind auch nicht mehr das, was sie mal waren, Van Helsing.«

»Du scheinst dich ja auszukennen«, grinst Stefan.

Die Motorgeräusche verstummen nach und nach. Die Gestalten steigen von ihren Go …, von den kleinen Rennautos und lassen sie einfach auf der Bahn stehen. Zunächst sieht das noch nicht bedrohlich aus und ich sage bewundernd: »Ich wusste gar nicht, dass du Karate kannst.«

Natürlich lässt sich Stefan die Chance nicht entgehen, um mir gegenüber endlich mal den Macker raushängen lassen zu können. »Du weißt von mir eine ganze Menge nicht, Baby!«

Ich stecke mir einen Finger in den Hals und mache ziemlich eindeutige Kotzgeräusche.

Stefan lacht, dann verstummt er und ich sehe, warum: Die Fahrer kommen im Zombietempo durch die Halle auf uns zu. Es sind fast sämtlich gruftige Fledermausmänner und -frauen, ein paar davon vielleicht früher mal Punks. Manche sehen so aus, als wären sie wirklich schon tot.

»Die sind nicht auf dem Weg zur Theke, Stefan. Auch wenn wir direkt davor stehen. Ich hoffe, du hast noch mehr verborgene Talente.«

»Gehen dir eigentlich niemals die Sprüche aus, Bo?«

Er klingt überfordert und genervt. Fast so, als habe er Angst.

»Das werden wir in den nächsten Minuten erfahren«, flüstere ich, während sich die dunkle Meute hinter Katrin sammelt. Irgendwie passt der Name nicht zu ihr, finde ich. Nicht mehr. Sie starrt Stefan und mich nur an und sagt keinen Ton. Ich suche unauffällig nach Flügeln hinter ihrer Schulter. Dann höre ich eine andere, männliche Stimme, die mir unangenehm bekannt vorkommt: »Ja, was ist das denn? Fräulein Schokokeks ist wieder da!«

Bevor die Wut über seine Wortwahl meine Sicht blutrot färbt, erkenne ich Alex, den Gokart-Hiwi. Die einzige Nichtfledermaus im Raum trägt immer noch denselben Blaumann, nur viel schmutziger als früher. Er grinst fies und poliert absichtlich anzüglich ein nach erigiertem Pimmel aussehendes Stück Metall mit einem dreckigen Lappen. Bei mir brennen alle Sicherungen durch und ich stürze mich wutschnaubend auf den Blaumann. Die Fledermäuse zucken erschrocken zusammen und raffen überhaupt nicht, was geschieht. Warum ich abgehe wie eine Furie. Im Prinzip ist es mir ja selbst schleierhaft, wieso man bei mir nur auf diesen einen Themenknopf meiner Hautfarbe drücken muss, damit ich ausklinke.

Nur Vampirella und ihr Bruder sind schnell genug, um zu verhindern, dass mir Alex vor lauter Schreck mit dem Metallschwengel den Schädel spaltet.

Irgendwie können die Vampire Alex beruhigen und sogar dazu bringen, für Stefan, Katrin und mich sein Containerbüro neben den Tribünen aufzuschließen, damit wir uns in Ruhe unterhalten können.

Mittlerweile scheint Alex den Laden zu leiten. Der Stiernacken ist ebenfalls mit raufgekommen, offensichtlich ist er nun der Hiwi. Katrin scheint die Anführerin der dunklen Bande zu sein. Sie bittet Alex und Jürgen, uns allein zu lassen. Mir fällt auf, dass Katrin den Hörer des Bürotelefons abnimmt und auf die Schreibtischunterlage legt. Mein Mund ist total trocken und ich würde bei Alex oder dem Stiernacken gern etwas zu Trinken bestellen. Mir ist jedoch völlig klar, dass ich ihre Gastfreundschaft damit überbeanspruchen würde.

Stefan erklärt Katrin in groben Zügen, was passiert ist, während ich durch das Fenster neben dem Schreibtisch in die Halle sehe. Die Fledermäuse sind wieder zur Tagesordnung übergegangen. Die meisten Typen rasen auf den kleinen Motorstinkern durch den verschlungenen Parcours und machen einen Höllenlärm. Die Mädels der Truppe sitzen auf der unteren Reihe der Tribüne und langweilen sich. Sie lackieren ihre Fingernägel oder ziehen den verschwitzten Lidschatten nach. Ich muss bei dem Gedanken grinsen, dass sie niemals einen Helm über ihre kunstvollen Hexenfrisuren gestülpt bekämen. Die Farben der Saison sind nachtschwarz, fledermausgrau, batmandunkelblau und blutrot. Ein Mädchen mit hoch toupierten schwarzen Haaren sieht zu dem Bürocontainer auf, erblickt mich am Fenster und zeigt mir den Mittelfinger.

Ich drehe mich um und kriege mit, wie Katrin gerade dunkelrot anläuft, ganz ohne sich nachzuschminken. Denn Stefan ist gerade beim Thema Kretschmann angekommen. Er beginnt seiner Schwester Vorwürfe zu machen. Selbst mit meiner geringen Erfahrung als Journalistin weiß ich, dass es nicht die beste Idee ist, seine Gesprächspartner mit Vorwürfen zu bombardieren, noch bevor man die erste Frage gestellt hat. Es ist nicht zu überhören, wie sauer Stefan darüber ist, dass sie etwas mit einem Lehrer angefangen hat.

Moment, WAS GENAU hat sie denn überhaupt angefangen?

Ich hebe mir die Frage für später auf und gehe dazwischen, bevor den beiden der Geschwisterstreit um die Ohren fliegt. Denn etwas sagt mir, dass wir dafür nicht die Zeit haben.

»Was macht ihr eigentlich hier, Katrin?«

Sie dreht sich zu mir um und sieht mich an, als hätte ich sie nicht mehr alle. »Wonach sieht es denn aus? Kartfahren natürlich!«

»Ja, klar, aber ... gehört euch der Laden?«

Katrin hat offensichtlich keine Ahnung, wovon ich rede. Aber sie wendet sich mir zu und vergisst Stefan für einen Moment. Und damit hoffentlich auch ihre Wut und das schlechte Gewissen.

»Quatsch, wie kommst du darauf?«

»Na, wegen dem gesprayten Batman-Höhleneingang und der Gruselbar. Außerdem steht dieser tätowierte

Typ aus deiner Truppe hinter dem Tresen, da dachte ich ...«

»Ach, Jürgen. Der ist harmlos.« Sie dreht sich zu Stefan um. »Wenn man nicht gerade versucht, ihm den Arm zu brechen.«

»Ich habe mir nur Sorgen um dich gemacht«, kommt es trotzig von Stefan zurück.

Sehr gut, jetzt ist er in der Defensive und sie hat die Oberhand, denke ich, ganz die gewiefte Moderatorin.

»Jürgen arbeitet für Alexander. Er hat uns den Job besorgt, diesen Laden während Ferien ein bisschen aufzupeppen, designmäßig. Das Geschäft lief nicht mehr.«

»Und ihr macht hier so eine Art Geisterbahn draus?«, frage ich und grinse.

Katrin lächelt und unter dem gruftigen Outfit erkenne ich das freundliche Mädchen im Schottenröckchen wieder, die mich damals auf dem Schulhof von meinem ersten Tag an nett gegrüßt hat. Als die anderen mich mit dem Arsch nicht angesehen haben.

»Du hast es erfasst.«

»Keine schlechte Idee«, sage ich und meine es ernst. Obwohl ich Gokartbahnen für ressourcenverschwenderischen Blödsinn halte. Das muss ich Katrin aber nicht unbedingt gerade jetzt auf die Nase binden. Wir stehen am Fenster, quatschen noch einen Moment lang über dies und das, bis Stefan ungeduldig wird und ich das Thema behutsam auf die Sache mit Kretschmann zu lenken versuche. Zuerst schämt sich Katrin noch sehr über die Tatsache, dass Stefan und ich ihre Mail an den Lehrer kennen. Doch als ich ihr versichere, dass nur Stefan den Brief gelesen hat, ist sie beruhigt.

Als sie zu erzählen beginnt, hat Stefan sich neben uns auf die Schreibtischkante gesetzt und meinen Blick verstanden, dass er seine Schwester auf keinen Fall unterbrechen soll.

VAMPIRELLA

»Zum ersten Mal haben wir uns auf der Klassenfahrt geküsst. In Konstanz war das, direkt am See. Es war so romantisch, das könnt ihr euch nicht vorstellen. Ich war wirklich in Connie ... in Cornelius verliebt, ein irres Gefühl. Das ging schon lange vor der Fahrt los. Ich glaube, er hat mich überhaupt zum ersten Mal in der Klasse wahrgenommen, als ich mit dem neuen Look aufgetaucht bin. Ich meine, *richtig* wahrgenommen! Ich hatte meine Bree-Ledertasche, die ich immer mit in die Schule genommen habe, bei Birgit gegen einen schwarzen Lackrucksack eingetauscht. So ein glänzendes Ding, das aussah, als würde man damit eine Ölspur hinterlassen, total cool. Mama war entsetzt über das billige Ding. Sie hat sogar Birgits Mutter angerufen, damit wir den Tausch wieder rückgängig machen. Aber die hat das einzig Richtige getan und gesagt, dass sie sich da nicht einmischen wird. ›Wenn die Mädchen tauschen wollen, ist es doch egal, was die Sachen wert sind‹, hat sie gesagt. Klar war das Mama nicht egal, aber sie konnte ja nichts tun. Und mit der Haarfarbe, na ja, das war eh zu spät. Jedenfalls hat mich Cornelius an diesem Tag in der Klasse angesehen, ich weiß nicht ... so hat er das noch nie gemacht. Als wäre ich plötzlich eine Frau, nicht mehr das Mädchen mit den Zöpfen und

den Burlington-Söckchen, versteht ihr. Da war was
in seinem Blick, das mir die Bluse aufgeknöpft und
mich … Egal. Ich weiß selbst, dass der Wechsel radi-
kal war. Aber das kam bloß, weil ich am Anfang in
diesen Gothictypen verknallt war. Ich habe niemand-
dem von Raven erzählt, Stefan, da brauchst du gar
nicht so zu gucken. Raven war der Durchgeknallte
von der Clique. Fast schon ein bisschen ZU verrückt
nach diesem dunklen Zeug. Er hat sein Wohnmobil
innen komplett mit schwarzem Teddyfell bezogen
und so was. Am Anfang fand ich es cool. Ich bin nie
in seiner Bude gewesen, keine Ahnung, wie es da aussieht. Na, egal. Was blieb war, dass ich erst bei Raven
begriffen habe, wie die Jungs funktionieren. Es war
so einfach … Vorher habe ich mich jedes Jahr über
den ganzen Markenkram zum Geburtstag und zu
Weihnachten gefreut. Lagerfeld, Donna Karan, Joop,
was du willst. Das ganze Zeug war eigentlich viel zu
teuer für Mama, aber sie wollte so gern, dass ich aus-
sehe wie eins von diesen WERTVOLLEN Mädels. Das
hat sie immer gesagt. Dabei sind wir das gar nicht!
Sorry, nein, es geht schon wieder, ja, ist okay, danke …
Weißt du überhaupt, was Mama dafür alles auf-
gegeben hat, Steff? Immer wenn ich teure Klamotten
bekam, hast du was in der gleichen Preisklasse für deinen Computer bekommen. IMMER! Sie hätte mich
niemals bevorteilt, genau so wenig wie dich. Weißt
du, wie teuer das ganze Zeug gewesen ist? … Ich
glaube, deshalb habe ich sie furchtbar verletzt, als ich
mit den neuen Style angefangen habe. Aber in meinen
Augen hat sie die ganze Sache immer komplett falsch
angefangen. So habe ich das jedenfalls gesehen, als
Raven mir die Augen geöffnet hat. Wir haben dann

alles bei eBay verscheuert und weil Raven scharf auf dieses Vampir- und Gothic-Zeug war, habe ich mir den Vampirella-Look zugelegt. Zuerst natürlich ein bisschen vorsichtiger. Ich habe ja auch nicht einmal ein Drittel ihres Busens. Aber bei meiner Größe und mit ein wenig Polster ... Als ich den ersten Tag in dem Outfit in die Schule kam, sind sich die Jungs fast auf ihre Zungen getreten. Ich meine, es war ja nicht so, dass ich mir einfach nur ein Bauchnabelpiercing gemacht habe und dann das Top bis zur Brustfalte hochgezogen habe. Alles zeigen und dafür mit der Schulleitung Ärger bekommen, das kann jede ... Doch für mich ist es eher eine Verkleidung, bei der du alles ahnen kannst, aber nichts davon direkt zu sehen bekommst – DAS hat die Jungs verrückt gemacht. Dein Bruder, Bo, ich werde sein Gesicht nie vergessen, als ich mich in Mathe neben ihn gesetzt habe. Oh, Mann, war das lustig! Als ich noch mit geflochtenen Zöpfen und Schottenrock unterwegs war, wusste Johan nicht mal meinen Namen. Aber mit langen schwarzen Haaren und dem ganzen Lederzeug ... Er hatte die ganze Stunde lang einen Ständer unter dem Tisch. Obwohl er sich kaum getraut hat, mich anzusehen, geschweige denn anzusprechen. Entschuldige, Bo, ich habe nichts gegen deinen Bruder und meine das nicht böse, aber genau darum geht es. Um Anziehung. Verstehst du? Sieh doch aus dem Fenster. Siehst du den langen Typen mit dem schwarzen Irokesen, der keinen Helm trägt? Der jetzt bei der Goodyear-Werbung in die Kurve fährt? Das ist Sven, er lernt Kühlgerätemechaniker, macht im Herbst seine Prüfung. Meinst du, der lässt sich gern von seinen Kollegen für die Tattoos und den

Haarschnitt hänseln? Fast zwei Jahre lang erträgt er nun schon ihre Sprüche und Witzchen ... Jeden Tag. Jeden Tag hat er Bauchschmerzen, wenn er durch das Tor zu seinem Betrieb auf den Hof fährt. Und weißt du, warum er das mitmacht? Dann sieh mal auf die Tribüne. Ganz links das Mädchen, die gerade mit dem Rücken zu uns steht. Mit der Hochfrisur und dem Spinnen-Oberteil. Das ist Trischa. Hans ist verrückt nach ihr. Die beiden sind seit drei Jahren zusammen. Nächsten Mai wollen sie heiraten. Jetzt dreht Trischa sich um, guck mal! Sieht sie nicht superscharf aus, mit diesen beiden Körbchen und den Spinnennetzen aus den ganzen Riemchen? Geil, oder? Trischa hat den richtigen Busen dafür. Soll ich euch verraten, was die beiden sich versprochen haben? Sie tun es nicht, bevor sie verheiratet sind. Kein Sex vor der Ehe! Nein, das ist kein Blödsinn, Stefan. Sie haben sich das echt versprochen. Klar knutschen sie ... Fummeln? Woher soll ich das wissen? Ich liege nicht daneben, Steff! Es geht um ... Anziehung! Es ist wie die Umlaufbahn von Planeten, die um die Sonne kreisen. Wenn du sie aus der Bahn bringen willst, geht das nur mit Anziehung. Ich war es einfach Leid, unsichtbar zu sein. Die Planeten, das ganze Leben ist an mir vorbeigezogen, ohne mich überhaupt wahrzunehmen. Dein Bruder Johan, meine Mitschüler, die Lehrer, sogar meine eigene Familie wusste auf einmal, ob ich im Raum war oder nicht. Dabei habe ich mich im Kern nie verändert, sondern nur die Schale. Das ist das eigentlich Verrückte an der Sache, Bo. Sie wissen plötzlich *alle*, was du tust und wo du bist. Du bist vorher eine Frau und hinterher nicht anders, immer noch eine Frau. Aber auf einmal war ich *sichtbar*! Und dafür musste ich weder meine Brüste operieren noch die Lippen aufspritzen lassen. Es geht nicht darum, was die anderen bekommen. Es geht auch nicht darum, was sie sehen ... Es geht einzig und allein darum, was sie sich *vorstellen*. Worauf sie *hoffen*! Auf einmal empfinden sie anders und es verändert dein ganzes Leben!«

SICHTBAR

Wow! So wie Katrin mit leuchtenden Augen vor mir steht, wird mir plötzlich einiges klar. Nicht nur über das ehemals unscheinbare Mädchen, sondern auch ein paar Dinge zu meiner Person. Dinge, die weit über das hinausgehen, was hier gerade verhandelt werden soll. Zunächst mal der Unterschied zwischen der alten und der neuen Katrin. Wobei mir ihre neue Schale viel besser gefällt als die alte. Denn sie hat Recht mit ihrer Kern-und-Schale-Theorie. Im Gegensatz zu ihren Vampir-Gothic-Ex-Punk-Freunden, die sich gegen »gutes« Aussehen wehren, hat sie ihre geheimnisvoll schwarz glänzende Nummer zur Perfektion gebracht.

»Im Prinzip ist es ähnlich wie die Umgestaltung dieser Karthalle, auch wenn sich das jetzt vielleicht blöd anhört«, sagt sie. »Das Gebäude bleibt gleich, aber durch den Anstrich und die Ausstattung ändert sich das Gefühl seiner Besucher«, lächelt sie mich an. Katrin bewegt sich und Leder knistert über Lack. Und meine Knie werden weich, kein Scherz. Ihre dunkle Oberfläche schimmert leicht ölig. So, als könnte man in die Tiefe bis in ihr Herz sehen. Doch man verliert sich darin auf halber Strecke. Oder sein Herz. Oder das, was Jungs dafür halten. Mich hat Katrin gerade aus der Bahn geworfen, so viel steht fest. Denn ich BIN schwarz. Aber wollte es nie sein. Ich habe Probleme mit dem Kern, weil den anderen meine Hautfarbe auffällt. Ich möchte nicht unbedingt weiß sein, wie meine Adoptiveltern und Johan, das ist es nicht. Ich wäre oft gern unsichtbar. Wenn ich merke, dass anderen meine Hautfarbe nicht gefällt. Und damit bin ICH im Unrecht, mir selbst gegenüber. Diese Erkenntnis trifft mich wie ein Schlag. Außerdem fällt mir wieder ein, dass »die alte« Katrin mich schon damals auf dem Schulhof gegrüßt hat. Als die anderen noch so getan haben, als sei ich unsichtbar. Wir teilten ein ähnliches Schicksal.

»Deshalb der Spruch in deinem Zimmer!«, sagt Stefan und sieht aus, als hätte er ebenfalls etwas begriffen.

»Wovon redest du? Was für ein Spruch?«, fragt Katrin und dreht sich um. Augenblicklich ist der Zauber zwischen ihr und mir verflogen. Einfach weg.

»Ich meine den Einbruch bei uns. Es geht um dich. Eigentlich war es gar kein Spruch, nur ein Wort. Aber auf alle vier Wände in deinem Zimmer gesprüht!«

»Welche Farbe?«

Hä? Ich wundere mich, dass Katrin – dieser Name passt wirklich absolut nicht mehr zu ihr! – nach der Farbe, statt nach dem Wort selbst fragt. Und da Stefan mir von der Schrift nichts erzählt hat, kenne ich weder noch.

»Welches Wort?«, will ich wissen.

»Konsequenz. Vier Mal Konsequenz, an jeder Wand. Zwei davon mit Ausrufezeichen. Zwei mit Fragezeichen. Was hat das zu bedeuten?«

»Welche Farbe, Stefan?«

»In Rot!«

»Das ist nicht gut«, sagt Katrin und sieht besorgt aus.

Stefan und ich sehen uns an. Mir fällt auf, wie ähnlich sich die beiden sehen. Auch wenn von Stefan eher etwas Unschuldiges ausgeht, weil er oft wirkt wie ein junger Hund. Aber die Gedankenübertragung zwischen ihm und mir funktioniert in dieser Sekunde einwandfrei: »Kretschmann!«

»Der Lehrer im Liebeswahn!«

»Nein«, antwortet Katrin, »das war nicht Cornelius!«

Nur eine Sekunde lang war alles klar. Doch Katrins Gesichtsausdruck legt die Befürchtung nah, dass es schon bald schlimmer kommen wird –

In dieser Sekunde lässt uns ein Telefonklingeln zusammenzucken. Katrin starrt erschrocken auf den Hörer, der neben dem Telefon auf der Schreibtischunterlage liegt. Stefan greift instinktiv in seine Tasche und schüttelt dann den Kopf, als ihm einfällt, dass sein Telefon schon lange tot ist.

Ich reagiere erst beim dritten Klingeln. Weil ich vergessen habe, dass mein Handy wieder einsatzbereit ist. Ich freue mich auf Johan, halte das Telefon ans Ohr und labere einfach los, so wie immer:

»Hey, Pappnase. Das hat zu lange gedauert. Wo bist du?«

»Immer in eurer Nähe«, sagt eine Stimme. Es klickt trocken in meinem Hals. Vier Worte reichen, um in meiner Kehle eine Jahrhundertdürre ausbrechen zu lassen. Ich bekomme keinen Ton heraus. Dann muss ich mich darauf konzentrieren, mir nicht in die Hose zu machen, denn die Stimme hebt an und schreit etwas. Zwei Wörter. Eigentlich nur ein

Wort, das wiederholt wird. Einmal als Frage und danach als Feststellung, deren letzte Silbe er quälend gedehnt kreischend von sich gibt: »Konsequenz? ... KONSEQUEEEENZ!«

Ich lasse das Handy fallen und renne aus dem Büro.

UNSICHTBAR

Als ich atemlos ins Freie taumele, liegt ein Stein auf meiner Brust und ich bekomme keine Luft mehr. Ich sehe mich um. Über dem Verbundsteinpflasterparkplatz flimmert die Hitze. Niemand ist zu sehen und dennoch spüre ich Augen auf mir. Er weiß Bescheid! Er kennt meine Angst und spielt damit. Er hat meine Nummer, die so neu ist, dass er sie nicht haben KANN! Doch er hat sie gewählt und angerufen.

Ich stütze meine Hände auf die Knie und beuge mich vor, sehe Sterne und muss die Augen schließen. Es ist kein Fluch, es ist schlimmer. ER ist wieder da!

Ihr würdet ihn den »Schwarzen Mann« nennen. Was, angesichts meiner dunklen Hautfarbe, nicht meine Bezeichnung für ihn sein kann. Für mich ist er namenlos. Er stand für alles Böse, das mir widerfahren ist, als ich noch sehr klein war. Daran habe ich keine richtige Erinnerung mehr, zum Glück. Doch er steht auch für all das, was mir bis heute widerfahren ist.

Lars und Senta haben mir, seit ich zwölf Jahre alt bin, zu jedem Geburtstag angeboten, meine Vorgeschichte zu erzählen. Doch ich wollte sie nicht hören. Über die Geister meiner toten Eltern will ich nicht sprechen, weil sie dann nicht zur Ruhe kommen können. Ich weiß, dass Lars und Senta meine neuen

Eltern wurden, als ich elf Monate alt war. Ich weiß, dass ich aus Afrika komme. Das reicht mir.

Johan ist fast wahnsinnig darüber geworden: »Du musst doch wissen wollen, ob du von einem südafrikanischen Freiheitskämpfer oder einem Massaikrieger abstammst!«

Nein, Bruder. Muss ich nicht.

Mein Name ist Bo Margarete Goldberg. Tochter von Lars Goldberg und Senta Goldberg, geborene Kaiser, Bruder Johan Samuel Goldberg, alle wohnhaft Goethestraße 55.

DAS muss ich wissen, sonst nichts!

Sie haben nie verstanden, dass es mich zwar interessiert, ich es aber trotzdem nicht wissen will. In ihrer Kultur, die auch die meine sein soll, ehren sie das Andenken der Toten, um sie nicht zu vergessen. Ich mache das eben ganz anders, keine Ahnung, warum.

Ich wollte nicht immer unsichtbar sein. Das ging erst mit sechs oder sieben Jahren los. Als meine Hautfarbe Thema von Auseinandersetzungen wurde. Zuerst in der Grundschule, da hat es angefangen, glaube ich.

Bis zu diesem Zeitpunkt, bevor ich auf dem Schulhof geschnitten und geschubst, ausgegrenzt und verprügelt wurde, war mir überhaupt nicht klar, dass ich nicht immer schon im Hause Goldberg gewesen bin. Mein Kinderzimmer mit Johan war selbstverständlich. Die Vater-Mutter-Bruder-Liebe war es auch. Natürlich habe ich meine andere Hautfarbe bemerkt. Aber Johan hat schließlich auch einen Pimmel und ich nicht, warum sollte ich mich also über einen Farbunterschied in der Haut meiner Familienmitglieder wundern?

Wenn ich umgestoßen oder geschlagen wurde, habe ich geheult und es nicht verstanden. Bespuckt, mit Steinen beworfen, ich habe sehr lange nicht kapiert, warum es so war. Warum gerade ich?

Schließlich hat Lars sich mit mir aufs Sofa gesetzt – ich war gerade acht Jahre alt geworden und hatte eine frisch genähte Platzwunde auf der Stirn, das weiß ich noch wie heute – und hat mir erklärt, warum gerade ich.

Um eine lange Geschichte kurz zu machen: Es war die Farbe. Nicht mehr und nicht weniger. Ich war zu dunkel. Meine breite Nase, die vollen Lippen und das dichte, feste Kraushaar – wäre ich heller auf die Welt gekommen, niemand hätte sich dafür interessiert.

Sprüche und Bezeichnungen wie: »Neger, Neger, Schornsteinfeger«, »Schoko« oder Fragen wie: »Hat's gebrannt?« rührten von meiner Hautfarbe her.

Also beschloss ich, mich unsichtbar zu machen. Ich verließ das Haus nicht mehr, hatte kaum Freunde und kam in der Schule gerade eben über die Runden. Schriftlich war ich gut, was kann man schließlich innerhalb der eigenen vier Wände viel mehr tun als lesen oder lernen? Nur mündlich war von dem kleinen Negermädchen aus der letzten Reihe so gut wie nie etwas zu hören, und das machte die Sache für meine Lehrer nicht leicht.

Ungefähr in der achten Klasse wurde es besser. Als meine Deutschlehrerin mich während einer Projektwoche zur Schülerzeitung brachte. Hätte sie mir von Anfang an den Beruf des Journalisten als eine Tätigkeit empfohlen, in der ich ständig draußen unterwegs sein und mit Leuten sprechen müsste – ich hätte mich wahrscheinlich zitternd in eine Ecke verkrochen und meine eigene Zunge verschluckt. Doch Frau Altmann war geschickt genug, mich eine schwer zu recherchierende Story über afrikanische Stämme schreiben zu lassen, für die ich mich nur bis in die tiefsten Tiefen der Unibibliothek graben musste. Das habe ich getan. Und kam zwei Wochen später mit einem 3.565 Zeichen langen Artikel wieder heraus, der zunächst in der Schülerzeitung erschien. Und dann, mit Hilfe von Frau Altmann, den Weg in den Lokalteil unserer Tageszeitung fand. Mit einem daumennagelgroßen Bild von mir! Einer unsicher lächelnden Autorin namens Bo Goldberg. In einem kleinen Kästchen, direkt neben dem Artikel. Die Auflage der Zeitung mit dem Lokalteil betrug 230.000 Exemplare. Ich glaube, die meisten davon haben Lars und Senta gekauft. Sogar Opa Samuel bekam eine Ausgabe nach Schweden geschickt. Seinen begeisterten Antwortbrief in der krakeligen Handschrift alter Männer, bewahre ich in der Schublade auf wie einen Schatz. Zusammen mit dem Foto von ihm am Strand, mit Oma.

Ich war plötzlich berühmt! Nicht mehr unsichtbar. Auf einmal war ich Mitglied einer Gesellschaft von Menschen, allesamt heller als ich, die mir auf die Schulter klopften und mir Mut für »mein Volk« zusprachen, sobald in den Nachrichten über Somalia berichtet wurde. Das war natürlich Schwachsinn, denn mein Volk bestand genau aus den Leuten, die mich entweder an der Wursttheke zu ignorieren versuchten oder mir auf der Straße »Kohlenfresse« nachriefen und meine Fahrradreifen aufschlitzten.

Aber ich konnte und wollte nicht mehr in Deckung gehen und unsichtbar sein. Also trainierte ich mir eine rotzfreche Fresse und die beste Zeit auf fünfhundert

Meter an, die ich schaffen konnte. Und wenn wieder einer dieser schmierigen Fettärsche im Supermarkt durch mein Haar streichen wollte, biss ich ihn in die Hand und verfluchte ihn, bis er dunkelrot anlief und die Flucht ergriff.

Ich zerlegte die großen Jungs auf den Schulhof mit Worten in hauchdünne Scheiben. Bis sie den Schwanz einzogen und sich vor Schmerz wanden oder mir wutentbrannt zu folgen versuchten. Keiner war schnell genug für mich.

Ich verätzte die blasse Haut meiner zickigen Schulkameradinnen, die mich nie zu ihren Partys und Chicken Talks einluden, mit Worten.

Außenseiterin bin ich immer noch.

Aber ich bin nicht mehr unsichtbar.

»Hey, Bo. Alles okay?«

Katrin steht keuchend neben mir und legt mir eine Hand auf die Schulter. Ich nicke, dann wird mir klar, dass nicht alles in Ordnung ist. Katrin hat rote Augen, als hätte sie geweint. Ich lege eine Hand auf ihre Wange, will wissen, was mit ihr los ist. Doch sie kneift die Lippen zusammen und sieht sich zur Halle um.

Stefan steht in der Tür. Am liebsten würde ich ihm in den Arm fallen und heulen. Einfach nur laufen lassen. Doch ich reiße mich zusammen und schüttele den Kopf, als er mir das Handy zurückgeben will. Ich will es nicht mehr. ER hat mich angerufen!

»Der Typ will Kretschmanns Rechner«, sagt Stefan leise. Ich verstehe kein Wort, sehe Katrin an. Sie schluchzt und bekommt kein Wort heraus. Stefan nimmt sie und mich in den Arm. Katrins Leder riecht gut und knirscht leise. Ich sehe Stefan über ihren Kopf hinweg an.

»Ich habe mit ihm gesprochen, nachdem du raus bist.«

Mit IHM! Mir stockt der Atem.

»Es ist Katrins Ex«, fährt Stefan fort, »er will alle Mails, die Kretschmann und Katrin sich geschrieben haben.«

Ich blinzle in die Sonne, weil mir nicht klar ist, wie alles zusammenhängt.

»Sonst passiert was?«, frage ich. Kampfbereit und total erleichtert. Schließlich ist es doch nicht ER gewesen, der mich angerufen hat. *Geht ja auch nicht*, denke ich. Bekomme trotzdem eine Gänsehaut auf den Armen, schon beim Gedanken daran.

»Raven macht dir das Leben zur Hölle!«, schluchzt Katrin, ohne aufzusehen. »Glaub mir. Er ist völlig durchgeknallt. Aber das merkst du erst, wenn es zu spät ist.«

Stefan beruhigt seine Zwillingsschwester, setzt sie auf eine Bank neben dem Eingang der Kartbahn und verspricht, etwas zu trinken zu besorgen. Ich gehe mit ihm in die Halle, sofort umfängt uns wieder der Abgasgestank und das Geknatter der Motoren. Auf dem Weg zur Bar liefert mir Stefan die Zusammenfassung: Raven, früherer Freund von Katrin und Initiator ihrer Verwandlung, hat nicht akzeptiert, dass Katrin ihn verlassen hat. Er verfolgt und bedrängt sie, seitdem Schluss ist. In der Wahnvorstellung, Katrin könne wieder »lernen«, ihren Exfreund zu lieben. Als das nicht funktioniert, schaltet er auf heimlichen Terror um: Katrin kann nicht mehr telefonieren, ihr Internetanschluss wird gekappt, und so weiter.

»Das kennen wir doch«, sage ich und Stefan nickt.

»Allerdings. Aber jetzt stellt der Typ Forderungen. Er will die Briefe, die sich Kretschmann und Katrin per E-Mail geschrieben haben.«

»Kommt er als Superhacker da nicht selbst dran?«

»Nicht, seit wir in Kretschmanns Rechner eingedrungen sind. Kretschmann ist komplett offline. Hat anscheinend alle Kabel gezogen und seinen Rechner dicht gemacht. Wahrscheinlich hat er sowieso alles gelöscht, damit es keine Beweise mehr gibt.«

»Was will dieser Raven denn mit den blöden Briefen?«

»Bo, überleg doch mal. Der Typ ist rasend eifersüchtig. Er will Katrin zurück, hat aber keine Chance. Er will Katrin und Kretschmann fertigmachen. Er will Rache. Der tickt nicht richtig.«

Wir gehen auf die Bar zu und sehe das Gesicht von Stiernacken – Jochen? Rüdiger? Egal! –, der uns über den Tresen hinweg mit einer Mischung aus Wut und Furcht entgegenstarrt. Ich habe Raven, den durchgeknallten Ex von Katrin, noch nie gesehen, stelle mir dessen Gemütslage aber so ähnlich vor wie das verzerrte Gesicht, das uns von der Bar aus anstarrt.

»Was ist mit deiner Schwester? Katrin kann dem Typen doch die Briefe geben, die sie auf ihrem Rechner ...«

»Wer hat bei uns eingebrochen, was glaubst du?«, unterbricht mich Stefan. Ich höre Aggression in seiner Stimme. »Sie hat natürlich alles gelöscht. Die ganze Festplatte neu formatiert. Deshalb hat er unsere Bude verwüstet. Weil er nichts finden konnte.«

Die ganze Sache scheint aussichtslos.

Stefan ist sehr freundlich zu Stiernacken und kauft

drei große Flaschen Sprudel. Der kann sich natürlich einen Spruch nicht verkneifen. Ich bin nur halb bei der Sache, weil mir die Spur einer Idee im Kopf herumgeistert, doch ich komme einfach nicht drauf, was es ist.

Erst auf dem Parkplatz vor der Halle, als Stefan, Katrin und ich ausgiebig getrunken, röhrend gerülpst und gelacht haben, komme ich drauf: »Mick! Wir brauchen den Rechner von Mick!«

»Aber das Ding ist doch im Arsch!«, gibt Stefan zu bedenken. Ich schüttele missbilligend den Kopf.

»Na, na, wer wird denn gleich fluchen ... So, wie ich Mick kenne, schmeißt er das Laptop nicht weg. Er wird es ausschlachten wollen, wenn er aus dem Urlaub kommt. Zumindest die Festplatte wird ja noch okay sein, oder?«

»Ja, klar. Und der Inhalt von Kretschmanns Mailbox ist auf dieser Platte. Alle Briefe. Genau das, was Raven will!«

Stefan grinst. Wir sind uns einig.

SCHWIEGERMUTTER

Die Frau, die uns die Tür öffnet sieht aus, als leide sie unter einer schweren Allergie. Sie blickt Stefan und mich mit blutunterlaufenen Augen und geröteter Nase an. Ich habe Micks Mutter nie zuvor gesehen, aber wir stehen im Vorgarten des richtigen Hauses, denn sie erkennt mich auf Anhieb und schnieft: »Du musst Bo Goldberg sein.«

»Das stimmt, guten Tag Frau Berger«, antworte ich. »Sind Sie krank?«

Statt einer Antwort kneift Micks Mutter die Lippen aufeinander, bis alles Blut aus ihnen entwichen ist und sie fast weiß werden. Frau Berger versucht ihre Tränen zu unterdrücken, doch es gelingt ihr nicht. Dicke Tropfen laufen über ihre Wangen. Ein krampfhaftes Schluchzen dieser erwachsenen Frau erschüttert mich.

»Was ist denn passiert?« Ich befürchte das Schlimmste.

»Ist was mit Mick, Frau Berger?«, fragt Stefan und fasst sie an die Schulter, da es aussieht, als würde Micks Mutter im Türrahmen zusammenbrechen. Gemeinsam führen wir die völlig aufgelöste Frau ins Haus.

Die Wohnung ist gemütlich eingerichtet, soweit ich etwas erkennen kann. Die Rollläden der beiden großen Wohnzimmerfenster und der Terrassentür sind halb heruntergelassen, daher ist es ziemlich dunkel im Haus. Aus der Küche mieft es unangenehm. Verdorbene Lebensmittel? Ich betätige den Lichtschalter neben der Tür zum Flur – nichts passiert.

»Sie haben keinen Strom, richtig?«

Micks Mutter lässt sich seufzend auf die Ledergarnitur fallen und sieht mich aus ihren geröteten Augen an.

»Kein Strom, kein Telefon ... hier funktioniert überhaupt nichts mehr!« Sie bricht wieder in Tränen aus. Stefan, der sich auszukennen scheint, kommt mit einer Packung Taschentücher ins Wohnzimmer zurück, setzt sich neben Frau Berger und reicht ihr eins.

»Danke, Stefan, es ist so furchtbar! Nicht einmal mein Handy geht noch! Und mein Mann ist erst gestern operiert worden und muss für mindestens zwei Wochen im Krankenhaus bleiben. Das ganze Essen in der Kühltruhe ist verdorben. Ich habe es erst gemerkt, als ...« Sie bricht ab und schluchzt herzzerreißend. Ich setze mich auf die andere Seite und lege einen Arm um die völlig verzweifelte Frau, die auf dem Sofa kauert und ohne aufzublicken murmelt: »Ich weiß überhaupt nicht, was ich tun soll. Ich bin ganz allein. Ich weiß nicht einmal, wie es Michael überhaupt geht.«

»Ihrem Sohn geht es gut. Ich habe vorhin mit meinem Bruder telefoniert. Die beiden sind sicher schon auf der Fähre.«

Stefan nickt mir über ihren Kopf hinweg zu. Eine Festnahme wegen Fahrerflucht gehört nicht zu den Botschaften, die Frau Berger jetzt trösten würden. Da die Sache ausgestanden zu sein scheint, lasse ich dieses Thema einfach außen vor.

Frau Berger sieht mich an und versucht zu lächeln. »Du bist ein liebes Mädchen. Wie schade, dass wir uns unter diesen Umständen kennenlernen müssen. Mick hat sich sehr zu seinem Vorteil verändert, seit er dich kennt. Er ist viel fröhlicher geworden.«

»Freut mich.« Und das ist die Wahrheit.

»Wir glauben zu wissen, wer für diese ganze Sache verantwortlich ist«, sagt Stefan.

»Du meinst, jemand hat das absichtlich gemacht?«, wundert sich Frau Berger. In ihren Augen sammeln sich neue Tränen. »Aber … wer würde so etwas denn nur tun? Ich kann noch nicht einmal diese Rollladen hochfahren ohne Strom.«

»Das ist eine lange Geschichte«, antworte ich. »Das Beste wird sein, wenn Sie erst einmal mit zu uns kommen. Die Polizei kümmert sich schon um die Sache.«

Stefan steht auf und wirft mir einen vielsagenden Blick zu. Mir fällt wieder ein, warum wir hergekommen sind.

»Sagen Sie, ist das kaputte Laptop von Mick hier?«

Frau Berger sieht mich verwundert an. »Ist es kaputt? Das wusste ich gar nicht. Wenn, dann muss es oben sein. Sieh doch in seinem Zimmer nach.«

Als ich keine Anstalten mache, das Wohnzimmer zu verlassen, tippt sich Frau Berger gegen die Stirn. »Entschuldige, du warst ja noch nie hier. Es ist im ersten Stock. Die zweite Tür links, die mit dem Krähen-Aufkleber.«

Ich gehe mit Stefan die Wendeltreppe hinauf, während Frau Berger in der Küche verschwindet, aus der es leicht süßlich nach verdorbenen Lebensmitteln riecht. Wir betreten das Zimmer mit dem Aufkleber einer Krähe auf der Tür.

Es kommt mir seltsam vor, mit Stefan in Micks Zimmer zu stehen. Das Zimmer scheint gerade erst gestrichen worden zu sein, es riecht noch nach Farbe. Die Vorhänge und das Bettzeug, es ist alles hell und freundlich. Vom Gefühl her ist Mick ist mein Exfreund, doch Frau Berger behandelt mich wie eine Schwiegertochter. Sie scheint mir voll und ganz zu vertrauen.

Stefan geht zielstrebig zu Micks Schreibtisch und hält das Kabel eines Netzteils hoch. »Hier müsste sein Laptop stehen.«

Ich öffne eine Schranktür. Ein Hockeyschläger fällt heraus und zwei Basketbälle rollen mir vor die Füße. Stefan zieht alle Schubladen auf, die groß genug sind, um den kaputten Computer dort zu verstauen. Doch das Gerät ist nicht zu finden.

»Ob er es in die Reparatur gebracht hat?«, frage ich.

»Kann ich mir nicht vorstellen. Der Bildschirm war hinüber. Das Gehäuse hat auch was abgekriegt. Das Teil ist ein Totalschaden, würde ich sagen.«

Wir wissen beide, was das bedeutet.

»Scheiße, dann liegt die Kiste noch im Granada«, rufe ich und wähle Johans Handynummer.

Mein Bruder freut sich, von mir zu hören, er klingt ausgelassen. Hat anscheinend schon ein oder zwei Bier drin. Damit ich für Stefan nicht alles wiederholen muss, schalte ich den Lautsprecher auf dem Handy ein. Wir sitzen nebeneinander auf Micks Bett.

»Wir sind immer noch in Eckernförde, es gab Probleme mit dem Wagen, der steht auf dem Sicherungsgelände.«

»Ist Micks Laptop im Auto?«, frage ich.

»Der Schrotthaufen? Klar, wieso? Hat dir Stefan

eigentlich inzwischen erzählt, weshalb er im Krankenhaus war?«

Johan lacht, ich bemerke, wie Stefan sich neben
mir verspannt, will aber keine kostbaren Einheiten
vergeuden, damit Johan mir irgendwelchen Blödsinn
erzählt, den ich von Stefan auch kostenlos erfahren
kann.

»Hör mal, Jo, ihr müsst unbedingt die Festplatte
aus dem Laptop behalten. Nicht wegschmeißen oder
löschen oder so was. Hast du das verstanden? Es ist
wichtig!«

»Willst du nicht wissen, wie es Mick geht?«

»Nö, kümmere dich lieber um sein Lap ...«

»Du bist ja 'ne schöne Freundin. Weißt du eigentlich,
dass Stefan total in dich verknallt ist? Der hat sich
extra wegen dir beschneiden lassen. Schnippschnapp,
Vorhaut ab. Er glaubt, dass du das willst, weil du
Jüdin bist. Ist das zu fassen?«

Stefan zuckt zusammen, dann nimmt er mir das
Handy aus der Hand und unterbricht die Verbindung
wortlos.

»Johan ist ... äh, betrunken«, stammele ich. Anders
kann ich das nicht erklären.

Stille.

Der Moment ist so unglaublich peinlich, dass
ich am liebsten verdunsten möchte. Mir fällt das
Gespräch zwischen Stefan und Kürten im Wagen ein,
als sie dachten, ich wäre ohnmächtig.

Stefan springt auf und verlässt Micks Zimmer,
ohne sich umzusehen.

Ich möchte ihm hinterherlaufen, ihm erklären, dass
ich keine richtige Jüdin bin, dass es mir total leidtut,
wenn er sich wegen mir – aber ich bringe kein einziges

Wort heraus, weil ich es nicht glauben kann. *Deshalb hat er also geblutet?*

Dann war er wegen mir sogar zweimal im Krankenhaus, fällt mir auf. Ich kann mir ein Kichern nicht verkneifen, aber nur ein kleines. Außerdem fühle ich mich auch geschmeichelt. Ein wenig zumindest.

Dann schüttele ich den Kopf, denke, dass das alles Blödsinn ist, und gehe die Treppe hinunter.

»Was ist mit Stefan?«, fragt Frau Berger und deutet vom Küchendurchgang Richtung Haustür. Sie hat zwei prall gefüllte Plastiktüten in der Hand.

»Ach, nichts, wir hatten nur einen kleinen, also … eine kleine …«

Ich weiß nicht, wie ich es erklären soll, doch Micks Mutter zuckt nur mit den Achseln und nickt. Sie kennt das.

»Können wir?«, fragt sie.

»Was ist in den Tüten?«, will ich wissen.

»Oh, nur ein paar verderbliche Sachen. Der Kühlschrank ist doch ausgefallen. Ich dachte, deine Eltern könnten vielleicht etwas damit anfangen.« Sie lächelt unsicher.

Die arme Frau hat die ganze Sache noch nicht verstanden, denke ich.

KRISENSTAB

»Ein Stalker. Das ist es also! So haben wir endlich ein Motiv«, sagt Kürten. Er sitzt immer noch bei meinen Eltern im Wohnzimmer, obwohl er angeblich gar nicht so viel Zeit hatte.

Nachdem ich mit Frau Berger bei meinen Eltern angekommen bin, habe ich ihnen die Geschichte von Katrin und ihrem Exfreund erzählt.

»Ein was?«, frage ich.

»Stalking kommt aus dem Englischen und bedeutet in der Jägersprache so viel wie ›anpirschen‹«, antwortet Kürten. »Wenn ich Katrins Situation richtig verstehe, hat sie seit der Trennung darunter zu leiden, dass dieser Mann sie verfolgt und bedrängt. Deshalb ist er bei ihr eingebrochen, denke ich. Dass er es war, darauf weisen zumindest die Schmierereien an der Wand ihres Zimmers und der Anruf auf deinem Handy hin.«

»Konsequenz«, murmele ich und bekomme eine Gänsehaut.

»Stalker sammeln alle Informationen über ihre Opfer, die sie bekommen können. Das verleiht ihnen das Gefühl von Macht und Überlegenheit.«

»Dann macht er seine Sache richtig gut«, sagt Lars und kassiert für seinen Spruch einen ernsten Blick von Kürten, bevor der sich wieder an mich wendet.

»Raven? Wie weiter?«

»Keine Ahnung.«

»Raven. Ist das ein Künstlername? Ein Synonym?«

»Ich weiß es nicht.«

»Wie soll ich denn die Fahndung einleiten, wenn wir weder wissen, wie er aussieht, noch wie er heißt?« Kürten reibt sich die schweißnasse Stirn.

»Er hat sehr gute Computerkenntnisse, fährt ein Wohnmobil, muss also volljährig sein und heißt Raven. Das reicht nicht, wir brauchen diese Katrin!«

Im Hintergrund beruhigt Senta die aufgelöste Frau Berger, die sich nun auf unserem Sofa die Augen aus dem Kopf heult. Aber jetzt ist sie wenigstens nicht mehr allein. Die beiden Fresstüten mit Lebensmitteln aus dem Hause Berger stehen in der Badewanne auf Eis. Direkt neben dem Zeug, das Lars aus unserem stromlosen Kühlschrank dorthin gebracht hat. Er hat irgendwoher eine riesige Portion Eiswürfel besorgt.

Ich kann mich täuschen, glaube aber zu wissen, dass Lars dieser Ausnahmezustand Spaß zu machen beginnt. Das denke ich aber nur so lange, bis ich erfahre, dass Raven das Familienkonto per Online-Banking bis tief in den roten Bereich überzogen hat.

»Wenigstens hat er unsere Kohle wohltätigen Zwecken zukommen lassen«, sagt Lars und versucht ein schiefes Grinsen.

»Das Geld bekommen Sie sicher zurück«, sagt Kürten zu meinem Vater. »Der Täter wird unvorsichtig, er übertreibt es und hinterlässt eindeutige Spuren. Damit können wir ihn vielleicht überführen.«

»Das will ich hoffen«, ist Senta hinter den Männern

vom Sofa aus zu hören. Ich kann mir nicht helfen, mir tut es gut, wieder unter meinen Leuten zu sein, die trotz der ganzen Sache einen Rest Humor nicht verloren zu haben scheinen.

Dann klingelt mein Telefon.

Und alles wird ganz anders.

»Hey, das mit den Telefonen habt ihr aber noch nicht wieder hinbekommen, was? Habt ihr Strom?« Johan klingt gut gelaunt, Fahrtgeräusche im Hintergrund lassen ahnen, dass er und Mick wieder auf der Piste sind.

»Wir arbeiten dran«, antworte ich und stelle das Handy wieder auf Lautsprecher. Ich würde ihm gern ein paar Takte wegen der geschmacklosen Kommentare zu Stefan sagen, aber nicht vor versammelter Mannschaft.

Johan rülpst vernehmlich. Bevor er sich wieder per Lautsprecher zum Affen macht, erkläre ich ihm, dass Mama, Papa, die Polizei und Verwandtschaft seines Mitreisenden alles hören können. Er grölt:

»Hallo, Leute, Daheimgebliebene, Leidensgenossen!«

»Hallo, Junge«, ruft Lars durch den Raum, »geht es Euch gut? Habt ihr den Wagen wieder?«

»Von wegen«, tönt es aus dem Lautsprecher. »Die Pappnasen in Eckernförde haben mein Schmuckstück wegen verkehrsuntüchtigen Zustands einkassiert. Sie wollen die Karre dem TÜV vorführen. Kannst du dir das vorstellen?«

Johan klingt nicht besonders entrüstet, dass er sein Kultauto nicht benutzen kann.

Ich will nach Micks Computer fragen, doch Kürten

kommt mir zuvor, indem er fragt: »Womit sind Sie denn gerade unterwegs, Herr Goldberg?«

»Herr Goldberg«, amüsiert sich Johan. Ich hoffe, dass außer mir niemand auffällt, dass mein Bruder immer noch angetrunken zu sein scheint.

»Sind Sie das, Herr Kürten?«

»Ganz richtig«, bestätigt der Polizist.

»Herr Goldberg hat es vorgezogen, eine neue Art der Fortbewegung zu wählen.« Johan näselt, absichtlich übertrieben vornehm.

»Was?« Ich kapiere kein Wort.

Im Hintergrund sind Stimmen zu hören, eine davon gehört Mick.

»In Eckernförde haben wir jemanden kennen gelernt und sind umgestiegen. Es ist echt verrückt, er kommt aus unserer Stadt und fährt mit seinem Wohnmobil auch Richtung Dänemark und Schweden ... Ey, was ist denn? Warte mal! ... Aua, hör doch auf!«

Offensichtlich spricht Johan nicht mit uns, sondern schreit jemanden im Wagen an. Die Fahrgeräusche sind verstummt. Eine dritte Stimme mischt sich aufgeregt in den Streit ein, es klingt nach einem Handgemenge. Johan und Mick sind in Schwierigkeiten!

»Johan? Johan!« Zuerst rufe nur ich, dann stimmen Kürten, Lars und Senta mit ein. Die Verbindung wird unterbrochen. Wir stehen wie vom Donner gerührt im Wohnzimmer. Ich drücke die Rückruftaste und bekomme mitgeteilt, dass der Teilnehmer nicht verfügbar ist. Ich bekomme es mit der Angst zu tun.

»Ist etwas mit Michael? Geht es dem Jungen gut?«, schnieft Frau Berger hinter uns. Dass sie schon wieder heult, lässt eine Welle aus Aggression über mir zusammenbranden. Ich verfluche meine Idee, sie mitzubringen. Ich möchte ihr am liebsten in den Hintern treten. Für ihr weinerliches, hilfloses Getue. Obwohl die Frau überhaupt nichts dafür kann!

Kürten sieht blass aus. Er scheint in einer Zwickmühle zu stecken. Würde gern sagen, dass nicht alles so schlimm ist, wie es sich anhört. Hält uns aber auch nicht für dumm genug, diesen Schwachsinn zu schlucken.

»Bo, ich brauche dein Handy«, verlangt er und streckt die Hand aus.

»Was haben Sie vor?«, will Lars wissen.

»Vielleicht kann ich über die Nummer Ihres Sohnes seinen Standort bestimmen. Parallel dazu möchte ich diesen Raven zur Fahndung ausschreiben. Für weitere Personenangaben brauche ich Katrin. Wir dürfen keine Zeit verlieren.«

»Ich komme mit«, sage ich.

»Oh, nein. Das wirst du nicht!« So oder ähnlich klingen viele Stimmen: Senta, Lars, Kürten. Viel zu gefährlich, geht überhaupt nicht, Dienstvorschrift, blabla.

Ich lasse das Handy in meinen Brustausschnitt gleiten.

»Ich. Komme. Mit!«

Kürten sieht erst mich, dann meine Eltern an. Ob er Gewalt anwenden darf?

Lars breitet die Arme aus und lächelt. »Tun Sie sich keinen Zwang an. Durchsuchen Sie meine Tochter. Wenn Sie das schaffen.«

Ich rolle mit dem Kopf und lasse meine Nackenmuskeln knacken.

Kürten knirscht mit dem Kiefer.

Wir starren uns an:

Nein!

Doch!

Auf keinen Fall!

Nicht ohne mich!

Dann senkt der Polizist den Blick und sagt leise:

»Von mir aus.«

»Bitte?« Die Familie beginnt wieder zu lamentieren.

»Schluss jetzt! WIR HABEN KEINE ZEIT!«, brüllt Kürten und stürmt aus dem Zimmer. Mit mir im Schlepptau.

BLAULICHT

Es ist nicht einfach, unter Sirenengeheul eine Handynummer per Funk an die Polizeizentrale durchzugeben. Besonders, wenn man jeden Augenblick durch einen tödlichen Verkehrsunfall sterben kann.

Ich bin eine beschissene Beifahrerin, immer schon gewesen, aber Kürten gibt sich grimmige Mühe, diesen Höllenritt im Streifenwagen zu einer unvergesslichen Angelegenheit für mich zu machen.

»Die sollen den Standort der Nummer feststellen«, ruft er mir zu und knallt mit Überschallgeschwindigkeit über die Kreuzung, an der Johans Wagen stehen geblieben ist. Es kommt mir nicht so vor, als sei das erst gestern passiert.

Zeit ist relativ, begreife ich, als Kürten mit quietschenden Reifen vor dem Hochhaus hält. Wir haben in Rekordzeit die halbe Stadt durchquert.

Wir erreichen den Fahrstuhl und mir wird klar, dass wir genauso lange bis in den elften Stock zu Katrin und Stefan brauchen werden. Zu Fuß, denn das Ding ist natürlich immer noch außer Betrieb.

»Scheiße«, sage ich.

Doch Kürten antwortet nicht. Er ist schon auf dem Weg nach oben. Seine Schritte hallen durch das Treppenhaus.

Als ich, wieder völlig außer Atem, endlich im elften Stock ankomme, hat der Polizist bereits mit Stefan und Katrin gesprochen. Kürten hat Schlüsse gezogen, mit der Wache telefoniert und nachgedacht. Er bemerkt mich nicht als ich oben ankomme, was mich ärgert. Anders als ich scheint er gar nicht außer Atem zu sein, was mich noch mehr ärgert.

Stefan geht augenblicklich in Deckung, als er mich vor der Wohnungstür stehen sieht. Ich würde ihm gern sagen, dass es mir egal ist, ob er eine Vorhaut hat oder nicht. Dass es mich auch nicht besonders interessiert, warum er sich hat beschneiden lassen – obwohl das eine Lüge wäre.

Doch dafür ist keine Zeit, denn Katrin fällt mir um den Hals, Lack und Leder knirschen wieder. Sie weint heiße Tränen, die in meinen Halsausschnitt rinnen, und entschuldigt sich dafür, dass sie Raven überhaupt kennt und dass dieser Typ unser Leben zerstört. Sie lässt mich überhaupt nicht mehr los.

Neben der Tür steht ein Computer auf dem Gang. Der von Katrin, schätze ich. Die Tastatur auf der grauen Kiste neben dem erloschenen Bildschirm sieht aus, als wäre jemand darauf herumgetreten. Einzelne Tastenklötzchen liegen auf dem Boden herum und die Glasoberfläche des Monitors hat einen Sprung. Das Ganze sieht aus wie ungeliebter Sperrmüll.

»Er war das«, sagt Katrin, die meinem Blick gefolgt ist. »Raven ist verrückt! Mein ganzes Zimmer ist verwüstet. Es ist total gruselig! ER ist gruselig.«

Ein wenig wundert es mich schon, dass Vampirella etwas gruselig finden kann. Doch hinter ihrer Schale erkenne ich den Kern: Katrin. Das Mädchen.

Kürten scheint zu einem Entschluss gekommen zu sein. Er dreht sich zu uns um. »Hört mal kurz zu ... Wir müssen ...«

Auf einmal wird es sehr laut im elften Stock des Hochhauses. Ich kann Kürten nicht mehr verstehen, der auf Katrin und mich einredet.

Die kleinen Tastenbuchstaben fliegen uns plötzlich um die Ohren. Topfpflanzen, Fußmatten, Schuhe – alles macht sich auf diesem Flur selbstständig.

Die Nachbarin mit dem Kittel ist natürlich wieder neugierig. Sie kommt aus ihrer Wohnung und wird umgehend in ihre Wohnung zurückgeblasen.

Eine gute Technik, denke ich schadenfroh.

In diesem Moment wird das Geräusch dermaßen laut, dass ich mir die Ohren zuhalten muss. Katrin und ich können kaum noch stehen. So stark ist der Wind.

Staub wirbelt durch die Luft. Eine frei fliegende Fußmatte verabschiedet sich über die Brüstung. Tontöpfe mit Erde und Pflanzenresten rollen mir über den Flur vor die Füße. Der Krach ist kaum auszuhalten.

GEKNATTER! Das sind Rotoren. PFEIFEN. Unbeschreiblich laut. Das ist die Turbine. Zwei Männer mit Helmen und Sonnenbrillen schweben von oben her ein. Es ist ein Polizeihubschrauber.

Kürten gestikuliert sie über die Brüstung vom Hochhaus weg.

»Da drüben«, brüllt er und deutet auf einen Grundschulhof, der auf der anderen Seite der Hauptstraße liegt.

Einer der Helmträger im Cockpit macht das Okay-

Zeichen. Der Hubschrauber dreht ab. Unten, auf der Erde, biegen sich Bäume, Müll, Blätter und Werbeschilder fliegen durcheinander. Ich sehe einen Hut und zwei Plastiktüten über die Straße wehen.

In den anderen Stockwerken des Hochhauses finden sich Menschen ein, die an der Brüstung stehen und sich über das Fluggerät unterhalten, das zur Landung auf dem Schulhof ansetzt.

Kürten sieht erst mich an, dann Katrin, dann Stefan.

»Unser Taxi ist da«, sagt er.

»Nein«, antworte ich, »auf gar keinen Fall!«

FLUGANGST

Es haben sich schon viele Leute darüber gewundert, dass ich behaupte, noch nie geflogen zu sein. Für mich stimmt das, denn an meine einzigen und ersten beiden Flüge kann ich mich nicht mehr erinnern. Ich will es auch nicht, weil ich damals ein völlig verängstigtes Kleinkind war, das aus einem afrikanischen Übergangslager in einen riesigen Hubschrauber gesteckt und zu einem Flugplatz geflogen wurde. Von dort aus ging es dann mit einer Passagiermaschine weiter nach Deutschland, doch den Flug muss ich völlig verpennt haben. Wenn ich mich überhaupt an etwas erinnern kann, dann an das Gedränge und die beiden offenen Schiebetüren des Hubschraubers, an den ohrenbetäubenden Lärm und dass die Erde unter uns verschwand, bevor jemand die Türen schloss. Davon sehe ich kurze Bilder, wie im Zeitraffer, den Zusammenschnitt einer Tagesschaumeldung oder einer Dokumentation über ein Krisengebiet, irgendwo in der Welt. Manchmal versuche ich mich mit der Vorstellung zu beruhigen, dass ich diese Bilder vielleicht gar nicht selbst gesehen habe, sondern wirklich nur aus dem Fernsehen kenne. Doch dann denke ich an meinen immer wiederkehrenden Traum vom Fallen. Dann weiß ich, dass ich damals in diesem Hubschrauber gewesen sein muss.

Immer wenn ich als Kind Fieber hatte, fiel ich aus diesem Hubschrauber. Daher kenne ich das Scheißding am besten von unten. In meinem Traum falle ich aus einer der offenen Türen in die Tiefe. Ich stürze auf dem Rücken liegend mit dem Gesicht gen Himmel und sehe den olivgrünen Hubschrauber rasend schnell kleiner werden. Sehe seine Kufen, sogar den Kopf eines weißen Soldaten, der sich aus dem Hubschrauber beugt und die Hand nach mir ausstreckt, obwohl ich mich im Zeitraffer von ihm entferne. Das Ganze läuft ohne Ton. Die Rotorblätter des Hubschraubers sind als funkelnder Kreis vor der Sonne zu erkennen. Ich falle und falle, immer schneller, der Hubschrauber wird immer kleiner, ich möchte mich umdrehen, sehen, wie weit es ist, bis ich unten aufschlage, dort zerschmettert werde, doch ich kann nicht, ich kann nur nach oben sehen, der Hubschrauber ist nur noch ein kleiner Punkt am Himmel, er steht als Silhouette vor der Sonne und ich falle und falle – und wache schweißgebadet in meinem Bett auf.

»Ich steig da nicht rein«, sage ich, wahrscheinlich zum tausendsten Mal. Wir stehen auf dem Schulhof. Kürten unterhält sich mit dem Piloten und dem Copiloten, die ausgestiegen sind. Sie beugen sich über eine Landkarte, die auf einer steinernen Tischtennisplatte ausgebreitet liegt.

Ich erzähle Stefan stammelnd von meinem immer wiederkehrenden Albtraum. Er tätschelt mir die Schulter, als sei ich hysterisch.

»Ist ja gut, Bo. Es verlangt doch keiner von dir, dass du in den Helikopter steigst. Beruhige dich, bitte.«

Stefan und Katrin sehen sich an, etwas Mitleidiges

ist in ihrem Blick zu erkennen. Es macht mich wütend. Ich stampfe mit dem Fuß auf und sage plötzlich Sachen zu den beiden, die ich garantiert schon bald bereuen werde. Ich bin völlig aufgelöst, denn eigentlich MUSS ich mitfliegen. Schließlich geht es um meinen Bruder, der in Gefahr ist!

Katrin hat mir auf der Treppe erzählt, dass Raven sein Wohnmobil dunkelgrau und schwarz lackiert hat. Katrin und er sind oft zu Gothic-Festivals in dem Wohnmobil gefahren. Sie hat mir außerdem erzählt, dass Kürten über seine Kollegen den Standort von Johans Handy hat ausfindig machen lassen. Mit einer Peilung oder so. Wie das funktioniert, weiß Katrin nicht, aber Kürten hatte gehofft, meinen Bruder und Mick damit zu finden. Als ein Streifenwagen den Standort von Johan und Mick aufsuchte, fand er jedoch nur das Handy, in einem Straßengraben neben der Autobahn.

»Raven hat die beiden Jungs entführt. Davon geht die Polizei nun aus«, sagte Katrin auf der Treppe zu mir.

Ich habe eine Scheißangst um Johan und, ja, auch um Mick. Deshalb flippe ich aus und brülle Stefan und seine Schwester auf dem Schulhof an, bis ich tränenüberströmt weglaufe. Die beiden rufen mir nach, doch sie folgen mir nicht. Kürten sieht kaum auf. Er spricht über Funk mit seiner Zentrale oder wie das heißt. Die beiden Piloten stehen über die Karte gebeugt.

Was für ein beschissener Lügner ist dieser Bulle, denke ich. *Er hat es nicht verdient, dass man ihm hilft. Warum hat Kürten mir nicht gesagt, was wirklich los ist?*

Ich gehe zum Hubschrauber. Wenigstens ist dieser weiß statt olivgrün. Mit einem leuchtend orangeroten Hintern, *wie ein Pavianarsch*, denke ich, und einer schwarzen Nase, die viel spitzer ist als die kugelige Front des Hubschraubers aus meinem Traum. Insgesamt ist der Polizeihubschrauber kleiner. Und durch die Form des Fensters im Fußraum des Cockpits sieht es so aus, als würde die Schwarznase lächeln.

Die Schiebetür ist ja mini. Viel kleiner als die riesigen Türen in meinem Traum, fällt mir auf, während ich eine Tür fast geräuschlos aufgleiten lasse. Die Sitze und Fensterchen im Inneren des Hubschraubers sehen kaum anders aus, als säße man in einem Kleinbus. Nur, dass hier Kopfhörer sind, einer für jeden Sitz. Genug Platz für Kürten, Stefan, Katrin und mich, obwohl ich ja nicht mitfliegen werde. Ich sehe mich ganz genau um, schnuppere die Luft.

Ein wenig wundert es mich, dass ich überhaupt keine Angst vor diesem Helikopter habe.

Warte mal ab, noch fliegt das Ding nicht, denke ich und – nur, um zu testen, ob ich es schaffen WÜRDE – setze ich mich hinten rein.

Nichts, keine Angst. Aber ich schiebe eilig die Tür zu. Wenigstens das muss ich tun. Ich will nicht aus dem offenen Verschlag sehen müssen. Auch nicht, wenn das Ding am Boden steht, davor habe ich tatsächlich Angst. Es ähnelt zu sehr meiner zersplitterten Erinnerung oder dem Traum eines Hubschrauberstarts. Es muss auch nicht sein, sich dem Risiko auszusetzen, tatsächlich aus einem Hubschrauber zu fallen, finde ich. Denn dann klatsche ich auf einen Schulhof und nicht in ein Bett wie in meinem Fiebertraum.

Es geht um deinen Bruder, ich mache das wegen Johan, es geht um deinen Bruder, feuere ich mich in Gedanken an und kralle mich in den Sitz. Ich finde, dass wir langsam starten sollten, denn Johan ist in Schwierigkeiten und es gilt, keine Zeit zu verlieren, sonst hätte Kürten ja wohl kaum den Hubschrauber angefordert. Ich atme tief durch, als die Piloten ihre Karte einpacken und Helme aufsetzen. Kürten steht mit Katrin und Stefan an der Tischtennisplatte und redet mit ihnen.

»Quatscht doch während des Flugs, verdammt noch mal!«, murmele ich leise und ärgere mich über die drei. »Jetzt verpasse ich schon wieder etwas Wichtiges.«

Die Piloten kommen auf den Hubschrauber zu.

Noch kannst du aussteigen, Bo! Es ist noch nicht zu spät.

Dann passiert etwas Merkwürdiges. Kürten schüttelt Katrin und Stefan die Hand. Die Zwillinge winken den Piloten zu und GEHEN! Sie gehen einfach WEG!

Katrin und Stefan fliegen nicht mit?

Mir fällt ein, was Stefan eben gesagt hat: »Es verlangt doch keiner von dir, dass du in den Helikopter steigst.«

Katrin und Stefan fliegen nicht mit!

Kürten kommt auf den Hubschrauber zu.

Jetzt kapiere ich. Ich soll eigentlich auch nicht mitfliegen. Ich habe hier drin überhaupt nichts zu suchen! Oder warum hat Kürten mir sonst alle Informationen über Johan und diese ganze Sache vorenthalten? Wollte er mir das während des Flugs erklären? Ganz sicher nicht! Das soll eine Sache unter Männern werden. Echte Kerle, coole Polizisten! Die alles unter sich ausmachen und am Ende mit dem Ergebnis bei uns im

Wohnzimmer auftauchen. Mit Johan, wenn alles glatt gegangen ist. Oder sie tauchen ohne meinen Bruder auf, dafür aber mit betretenen Gesichtern, wenn sie meiner Familie mitteilen müssen, dass Johan leider …

Ohne weiter nachzudenken, krieche ich aus dem Sitz und sehe mich nach einem Versteck um.

GOOGLE MAPS

Krrk – »Kuti, dir ist sicher bewusst, dass du für diesen Flug nachträglich mehr als nur ein Formular ausfüllen musst, oder?«

Krrk – »Früher seid ihr doch auch für jeden Furz gestartet!«

Ein schepperndes Lachen ist über meinen Kopfhörer zu hören. Nicht die Stimme von Kürten, sondern die des Piloten, der den Kollegen vertraulich »Kuti« nennt.

Krrk – »Die Zeiten haben sich geändert. Du wirst Ärger bekommen.«

Krrk – »Ja, ja, scheiß der Hund drauf.«

Aha, ich bin also nicht die Einzige, die flucht, wenn es eng wird, denke ich.

Ich kralle meine Hände in den Hosenbund. Kein Fieber, aber das Gefühl ist zurück. Nur umgekehrt. Merkwürdig: Diesmal falle ich nicht, sondern werde nach oben gerissen. Wie in einem Fahrstuhl, der viel zu schnell in die Höhe schießt. Die Piloten reden über Funk englisch mit jemandem, dessen Stimme sich kratzig und weit entfernt anhört.

Erst in letzter Sekunde bin ich auf die Idee gekommen, mir einen von den Kopfhörern aufzusetzen, als ich hinter dem Sitz verschwunden bin. Denn ich erinnere mich immer noch am meisten an den ohrenbetäubenden Lärm und die Angst, damals. Wenigstens den Lärm kann ich verhindern. Dass ich den Funk mitbekomme – umso besser!

Kürten ist nichts aufgefallen, als er eingestiegen ist. Er hat sich so weit nach vorn gesetzt, wie es geht, und redet mit den Kollegen über Bordfunk. Die Rotoren lassen das Fluggerät in einer Frequenz vibrieren, die kaum spürbar ist. Mir verursacht das fast unmerkliche Rütteln dennoch Übelkeit. In meinem Traum kommt es nicht vor. Aber vielleicht kenne ich das Gefühl noch von damals, ohne es zu wissen und fürchte es deswegen.

Einerseits bedauere ich es, nicht aus dem Fenster sehen zu können, denn Kürten scheint von dem Anblick der Welt von oben völlig fasziniert zu sein. Andererseits will ich es auf meinem ersten Flug nach vierzehn Jahren nicht gleich übertreiben. Ich habe auf meinem Rechner schon oft mit Google Maps herumgespielt. Der Blick von oben auf die Welt gefällt mir, wenn ich dazu nicht in ein Fluggerät steigen muss. Doch nun BIN ich oben und starre hinter einem Sitz auf den Kabinenboden.

Krrk – »Wie geht es Stefanie?«, fragt die Pilotenstimme.

Krrk – »Sehr gut. Sie denkt darüber nach, mit dem Kommissarlehrgang anzufangen«, antwortet Kürten.

Krrk – »Das sollte sie unbedingt machen. Meine Frau redet übrigens oft von diesem Lachs, den wir bei euch gegessen haben.«

Krrk – »Dann wiederholen wir das bald mal, Carsten, was meinst du?«, fragt Kürten.

Krrk – »Sehr gern! Eigentlich wären wir ja dran … aber du weißt, wie meine Frau kocht, oder?«

Krrk – »Die Höflichkeit verbietet mir, auf diese Frage zu antworten. Ich schlage vor, ihr kommt wieder zu uns«, sagt Kürten. Drei Männer lachen scheppernd in meinem Kopfhörer.

Wir steigen nicht mehr. Der Hubschrauber scheint seine Reisehöhe erreicht zu haben. Ab und zu sehe ich aus meinem Versteck Wolkenfetzen an den Seitenfenstern vorbeirauschen. Meine Augen werden schwer. Das Turbinengeräusch hat auf einmal etwas Einschläferndes, doch die Stimme des Copiloten hält mich wach.

Krrk – »Es wäre Zeit für ein Briefing, Kollege.«

Krrk – »Die gesuchte Person nennt sich Raven, richtiger Name unbekannt, den kennt nicht einmal seine Exfreundin. Er ist zirka 19 Jahre alt, unterwegs in einem Wohnmobil, Modell Fiat Ducato Alkoven, Kennzeichen unbekannt.«

Krrk – »Davon gibt es eine Menge«, ist die Stimme des Piloten zu hören.

Krrk – »Ja, aber nicht komplett in Schwarz. Das Wohnmobil wurde von ihm neu lackiert. Auf das Dach des Aufbaus ist eine Fledermaus gemalt. Ein Batman-Symbol.«, antwortet Kürten. »Der Gesuchte wird verdächtigt, im Fahrzeug zwei männliche Jugendliche in seine Gewalt gebracht zu haben.«

Krrk – »Klingt hübsch«, sagt der Copilot ironisch. »Fast wie eine Dienstwagenkennung auf dem Dach. Mit dem Symbol ist das Fahrzeug von oben hervorragend zu sehen.«

Krrk – »Aber nur, so lange es noch hell ist, danach ist Sense.«

Krrk – »Wir müssten in knapp zwei Stunden da sein, wenn nichts dazwischenkommt. Haben die Kollegen aus Schleswig Anhaltspunkte, wo der Ducato jetzt sein könnte?«

Krrk – »Wir gehen davon aus, dass Raven der ursprünglich geplanten Reiseroute der entführten Jungs folgt. Über Dänemark nach Schweden. Es ist jedoch nicht auszuschließen, dass er das genaue Gegenteil macht. Wir haben es mit einem Stalker zu tun, dessen Motive und Gemütslage im Moment absolut unklar sind und ständig wechseln können.«

Krrk – »Mist«, ist der Pilot zu vernehmen.

Krrk – »Schlimmer«, sagt Kürten, »die Kollegen haben ein zerstörtes Handy im Straßengraben gefunden. Der Kerl weiß über unsere Ermittlungsmethoden Bescheid.«

Krrk – »Ist ja auch nicht schwer. Kann man alles im Internet nachlesen.«

Krrk – »Und dort kennt er sich ebenfalls bestens aus. Er ist im Netz praktisch unsichtbar und hat es geschafft, vor seiner Flucht damit mehrere Familien zu terrorisieren. Ohne eine einzige Spur zu hinterlassen.«

Was heißt denn unsichtbar?, frage ich mich.

Krrk – »Wie darf ich den Begriff ›unsichtbar‹ verstehen?«, will der Pilot wissen.

Krrk – »Es gibt kein einziges Bild von Raven «, antwortet Kürten. »Er hat bisher absolut keine Spuren hinterlassen. Nicht bei uns, nicht im Internet, was selbst für einen Hacker mit seinen Kenntnisse sehr untypisch und fast unmöglich ist.«

Krrk – »Die Typen sind sonst auch eher eitel. Irgendwo geben sie normalerweise mit ihren Heldentaten an.«

Krrk – »Raven nicht. Er scheint psychisch labil, aber gleichzeitig hochintelligent zu sein. Ein Anhänger der Gothic-Szene, Vampire und so was.«

Krrk – »Deshalb das schwarze Wohnmobil?«

Krrk – »Und schwarze Klamotten, schwarze Haare, alles schwarz.«

Krrk – »Wir jagen also Batman?« Der Copilot lacht.

Kürten ist völlig ernst, als er antwortet. Mir läuft eine Gänsehaut über den Rücken.

Krrk – »Nein, Kollege. Wir jagen etwas, das Batman darstellen soll: Ein Phantom … Wir verfolgen einen psychisch gestörten Stalker, der zwei junge Männer in seine Gewalt gebracht hat und sie über die Grenze zu verschleppen droht.«

Funkstille.

Die Turbinen heulen.

Mir kommt es vor, als würde der Hubschrauber schneller fliegen.

Vielleicht tut er das tatsächlich, weil der Pilot aufs Gas tritt, denke ich.

Ich denke an Johans Augen. Er ist der einzige Mensch, der nur mit den Augen lächeln kann. Ohne seinen Mund zu bewegen. Mein Bruder war der Erste, der mich an sich gedrückt und so feucht geküsst hat, dass ich es wieder abgewischt habe. Bis heute macht er das. Bis gestern. Mein Bruder hat so viele Schwarz-Weiß-Gags gerissen, dass ich so ziemlich alles auswendig kenne, was in deutscher Sprache an Witzen und blöden Sprüchen über meine Hautfarbe existiert. Mindestens ein Viertel davon IST von meinem Bruder. Wir sind das Yin-Yang-Paar.

Er darf beim Frühstück fragen: »Hat's gebrannt?« Wofür ich jedem Anderen die Augen auskratze. Nicht »auskratzen würde«, sondern KRATZE!

Johan hatte einen Schlüsselbeinbruch, ein gebrochenes Handgelenk und zwei Rippen verstaucht.

Unzählige Schürfwunden. Die Liste seiner Einsätze ist lang. Alles für mich. Johan tut alles für mich.

Meine Augen füllen sich mit Tränen, ich schniefe.

Er weiß, dass ich mich wehren kann.

Ich weiß, wo mein Bruder die Erdnussflips in seinem Zimmer versteckt. Ich weiß auch, dass er das Versteck wegen mir niemals ändert.

Ich werde von einer derart heißen Welle aus Liebe und Verzweiflung erwischt, dass ich zu zittern beginne. Kann kaum atmen, schluchze und ...

Krrk – »Jo! Ihr müs ... 'hann find«

Krrk – »Was?« Die Stimme klingt alarmiert.

Krrk – »Johooohan!«, heule ich. »Finden!«

Der Hubschrauber macht einen Hüpfer, die Turbine jault auf. Die Stimmen und »krrks« überschlagen sich.

STIMMEN AUS
DEM DIESSEITS

Zuerst wurde ich über Funk angeschrien. So lange, bis ich die Kopfhörer einfach runterreiße und wegwerfe.

Die Polizisten sind wirklich stocksauer!

Dann werde ich von drei Polizeibeamten über den Lärm der Rotoren hinweg angebrüllt. Ich kriege nicht viel davon mit. Dennoch bekomme ich es kurz mit der Angst zu tun, dass sie mich aus dem fliegenden Hubschrauber werfen könnten. Wie in meinem Albtraum.

Doch zum Glück wird es bald dunkel. Sie haben es also eilig und drehen weder um, noch landen sie und werfen mich raus. Kürten sitzt im Helikopter neben mir und zittert vor Wut. Er schwitzt, sein aufgekrempeltes Hemd ist unter den Achseln und auf dem Rücken nass. Auch bei den Piloten kann ich weiße Ränder auf den Klamotten erkennen. Salz aus getrocknetem Schweiß.

Wir halten Funkstille, bis auf den englischen Funkverkehr mit den Flugfuzzis am Boden: Permission to, yeah, rahrah, fiftyseven, rahrahrah, next irgendwas, und so weiter. So Zeug eben.

Ich starre derart angestrengt aus dem Fenster, dass ich irgendwann gar nichts mehr sehe. Von wegen Google Maps. Die Bilder erreichen mein Hirn nicht. Ich sehe Johan. Und auch Mick. Neben mir riecht Kürten leicht nach Schweiß und Rasierwasser. Männlich. Aber nicht so würzig wie Stefan.

Ich sehe, wie sich seine Lippen bewegen. Aber höre nichts. Der Copilot gestikuliert, dreht sich um und Kürten nickt. Ich höre nix!

Aha. Keine Funkstille, sondern …

Die Arschgeigen haben mich aus dem Funk genommen! Ich verschränke beleidigt die Arme.

Irgendwann wird allen Beteiligten klar, dass dieser bekloppte Raven und seine Geiseln nicht vor Einbruch der Dunkelheit zu finden sein werden. Ich brauche keinen Funk dafür, um zu kapieren, dass die Beamten in dem kreuz und quer fliegenden Hubschrauber keine Ahnung haben, wo sie überhaupt suchen sollen.

Wir überfliegen Autobahnen, Felder, Raststätten und Wiesen. Dann drehen wir um und fangen von vorn an.

Mir macht die Fliegerei nichts mehr aus. Ich kann sogar aus dem Fenster sehen, ohne dass mir schlecht wird. Obwohl ich den Verdacht nicht loswerde, dass der Pilot manche Steilkurven und Wendungen vollzieht, damit ich endlich kotzen muss.

Kürten mahlt mit den Kiefern, fummelt mit der Landkarte auf seinem Schoß herum, die sich wie eine wasserfeste Wachstischdecke anfühlt, und wird immer wütender.

Krrk – »Letzter Versuch für heute ist Puttgarden«, höre ich plötzlich die Stimme des Bullen neben mir auf Kopfhörer.

Krrk – »Was ist das?«, höre ich mich selbst über

Funk fragen. Ende der Funkstille für mich? Anscheinend.

Krrk – »Wir versuchen es auf der Insel Fehmarn an einem beliebten Fährhafen nach Dänemark.«

Krrk – »Existieren Hinweise dafür, dass mein Bruder sich dort befindet?« Keine Ahnung, was mich geritten hat, aber ich versuche es im Journalistenjargon.

Kürten lacht über Funk, nicht fröhlich. Er sieht mich an. Auch nicht fröhlich. Seine Augen zeigen dunkle Ränder. Er ist frustriert, müde, verschwitzt und hat Durst. Mir geht es ähnlich. Ich hätte gern einen Spiegel, um zu sehen, was die heiße Kabine des Hubschraubers und der ganze Stress aus mir gemacht haben. Aber lieber will ich Johan sehen. Also lasse ich nicht locker.

Krrk – »Was ist in Puttgarden?«

Krrk – »Die Kollegen haben im Hafen ein Wohnmobil entdeckt, das in der Nähe der Dänemarkfähre parkt. Es ist verlassen, die Kollegen beobachten es.«

Krrk – »Ist es schwarz?«, frage ich aufgeregt.

Längere Zeit höre ich nichts über Funk. Kürten beißt sich auf die Unterlippe, dann zuckt er mit den Schultern.

Krrk – »Nein, Bo. Es ist ein dunkelblaues Fiat Ducato Wohnmobil. Aber im Moment ist das Fahrzeug unsere einzige Spur.«

Hoffnungslos starre ich auf den Boden der Kabine. Es herrscht Funkstille, die sich für mich betreten anhört. Ich befürchte, dass es Zeitverschwendung ist, in Puttgarden nach Johan und Mick zu suchen. Die Zeit läuft uns davon. Bald ist es dunkel und ich fühle, dass dann nicht nur der Tag, sondern auch die Suche endet. Und zwar für immer. Ein furchtbares Gefühl. Wie ein ziehender Schmerz.

Ich werde Johan und Mick nie wiedersehen! Bitte, lieber Gott, lass das nicht geschehen. Sie haben doch nichts getan! Haben es nicht verdient, für etwas büßen zu müssen, wofür sie nichts können. Bitte, Gott!

Krrk – »Da vorn«, höre ich die Stimme des Piloten. Am Horizont ist eine Küstenlinie zu sehen. Der Hubschrauber beschreibt eine leichte Rechtskurve. Dann ist kurz eine neue Funkstimme zu hören, doch der Copilot legt einen Schalter um und auf meinem Kopfhörer wird es wieder still. Ich sehe Kürten und den Copilot abwechselnd sprechen und dem Funk zuhören. Kürten zückt ein Notizbuch und notiert etwas. Ich kann nicht erkennen, was er schreibt, so sehr ich mich auch bemühe.

Dann beginnt der Hubschrauber zu sinken und ich schaue aus dem Kabinenfenster. Wir befinden uns unmittelbar über einem Hafen. An den Fähranlegern ist die Hölle los. Dicht gedrängt stehen Autos, Kleinbusse, Motorräder und Wohnmobile in langen Schlangen. Keins der Wohnmobile ist schwarz.

Zwei Polizeiwagen halten eine Landefläche auf einem Parkplatz frei und winken dem Piloten des Hubschraubers zu. Einer der Beamten am Boden muss seiner Dienstmütze hinterherrennen, die ihm von dem Wind der Rotoren vom Kopf gerissen wird. Der Hubschrauber setzt sanft auf dem Parkplatz auf und scheint ein wenig in sich zusammenzusacken, als die Turbinen ausgeschaltet werden. Pilot und Copilot betätigen Schalter und Knöpfe. Kürten und ich setzen die Kopfhörer ab.

»Wartet, bis die Rotoren stehen«, sagt der Copilot über seine Schulter und schnallt sich ab. Ohne

Verstärkung über Kopfhörer hört er sich nasaler an. Kürten sieht in sein Notizbuch und fragt mich: »Sagt dir der Name Rainer Schwechat etwas?«

Ich schüttele den Kopf. »Nie gehört. Wer ist das?«

»Ein Anhänger der Gothic-Szene. 21 Jahre alt, kurze schwarze Haare, abgebrochenes Studium als Programmierer.«

»Ist das Raven?« Ich bin plötzlich aufgeregt. *Rainer ... Raven, es könnte passen!*

»Hat es mit dem Funkspruch von eben zu tun?«, frage ich.

Kürten nickt und klappt das Notizbuch zu.

Hoffnung keimt in mir auf.

»Die Kollegen haben ihn festgenommen«, sagt Kürten.

Der Pilot ist ausgestiegen und öffnet die Schiebetür. Ich ducke mich unter den Rotoren und steige aus. Als ich weit genug vom Hubschrauber entfernt bin, strecke ich mich. Die Luft riecht würzig und erinnert an unsere Urlaube in Schweden.

Festgenommen, klingt die Stimme des Beamten in mir nach. Ich würde am liebsten hüpfen. Tanzen. Irgendwo hupt ein ungeduldiger Autofahrer, der endlich auf seine Fähre will. Möwen schreien.

Kürten kommt zu mir und ich wundere mich, warum er nicht fröhlicher aussieht.

»Die Sache hat einen Haken, Bo.«

Sie haben den Entführer, aber den Jungs ist etwas passiert. Sind sie verletzt? Sind sie ... tot? Ist es das?, denke ich und mein Magen verkrampft sich schmerzhaft. Ich halte den Atem an. Was er jetzt sagt, wird mein Leben für immer verändern, fürchte ich.

»Meine Kollegen haben ihn erwischt, weil er Beute

aus dem Einbruch bei den Schneiders verkaufen wollte.«

»Ja, und?« Ich kapiere kein Wort.

»Rainer Schwechat kann Mick und deinen Bruder unmöglich entführt haben.«

»Unmöglich? Wieso?«

»Wegen der Entfernung.«

»Raven bricht im Hochhaus ein, räumt die geklauten Sachen ins Wohnmobil und folgt Mick und Johan«, sprudelt es aus mir heraus. »Wenn er den Jungs die Sache mit der Fahrerflucht angehängt hat, weiß er ganz genau, wo sie sind. Raven muss sie nur noch in Eckernförde einsammeln. Zusammen mit dem Laptop. Und jetzt sind sie hier irgendwo!« Für mich klingt das völlig schlüssig. Denn ich will es so. Ich muss meinen Bruder finden. Er MUSS einfach hier sein. Ich kann es SPÜREN!

Doch Kürten schüttelt traurig den Kopf. »Rainer Schwechat ist nicht Raven. Er kann die Jungs nicht entführt haben. Es tut mir wirklich leid, Bo.«

Ich konzentriere mich auf Hupen und Möwen. Ich will Kürten nicht mehr hören und presse die Lippen aufeinander. Versuche, nicht zu heulen. Vergeblich. »Aber wieso denn nicht?«

»Meine Frau und ihr Kollege von unserer Wache haben Schwechat erst vor knapp einer Stunde festgenommen, Bo. Es kam eben über Funk. Rainer Schwechat ist nicht hier. Er sitzt in einer Zelle in unserer Dienststelle.«

Er ist zu weit weg. Er ist im Hochhaus eingebrochen, aber er kann meinen Bruder und Mick unmöglich in Eckernförde entführt haben und gleichzeitig zu Hause festgenommen werden! Die Erkenntnis sickert gegen meinen Willen in mein Hirn. Tränen laufen mir über das Gesicht.

Wütendes Gehupe übertönt die Möwen. Ich werde aggressiv. Möchte aus der Haut fahren und fluchen. Ich will etwas zerstören. Jemandem Schmerz zufügen. Ich will diesen Raven TÖTEN! Ich balle meine Fäuste und heule auf.

»Er ist doch hier! Mein Bruder ist hier, das weiß ich!«

Kürten hebt die Hände. »Bo, bitte beruhige dich! Wir vermuten, dass Rainer Schwechat ein Komplize von Raven ist. Meine Frau vernimmt ihn gerade.«

Kürten wird von dem Piloten an der Schulter berührt und dreht sich um. Die Beamten reden leise miteinander. Ich höre sie nicht, sondern nur das rhythmische Hupen mehrerer Fahrzeuge.

Pilot und Copilot besteigen den Hubschrauber.

»Was machen die denn? Wo wollen die hin?«, rege ich mich auf, während die Rotoren sich langsam zu drehen beginnen.

»Wir müssen zurück, Bo! Rainer Schwechat ist unsere einzige Spur.«

»Was ist mit dem Wohnmobil?« Verzweifelt klammere ich mich an meine letzte Hoffnung.

»Auf Schwechat ist kein Wohnmobil zugelassen, das haben wir überprüft.«

»Ich meine das Wohnmobil, das HIER irgendwo steht!«

Es ist blau, Bo. Vergiss es, sagt meine innere Stimme, bevor Kürten antworten kann. Doch ich klammere mich an jeden Rest. Strohhalm. Hoffnung. Irgendwas.

»Die Besitzer des blauen Ducato sind eine junge Familie aus Köln«, sagt Kürten und ich spüre, wie leid es ihm tut, mir das sagen zu müssen. »Die Kollegen aus Fehmarn haben sie ausfindig gemacht.«

Johan ist hier! Wieso weiß ich das? Ich weiß es einfach!

»Bo, wir müssen zurückfliegen. Vielleicht sagt uns der Einbrecher, wo sich Raven und seine Geiseln befinden. Wir können hier nichts tun! Aber zu Hause ...«

»Johan ist hier!«

»Woher willst du das wissen?«, fragt mich Kürten. Er sieht zum Hubschrauber. Aus dem Cockpit gestikuliert der Pilot. Kürten bedeutet ihm, zu warten. Die Turbinen und das Rotorengeräusch werden lauter und übertönen das wilde Hupen am Anleger der Fähre.

»Ich weiß es einfach«, rufe ich Kürten zu.

Und dann renne ich los.

CHAOS

Ich renne. Laufe dem Gedanken davon, dass Johan verletzt oder tot sein könnte. Ich flüchte vor dem Gedanken, dass in unserer Familie einer fehlen wird. *Johan, wo bist du?* Ich fliehe vor dem Loch, vor der niemals heilenden Wunde in meinem Herzen, die Johan hinterlassen wird.

Hinterlassen WÜRDE! Bist du verrückt, Bo!?

Die Richtung wird mir erst klar, als das Hupen lauter wird. Denn ich laufe zum Wasser, zum Anleger, genau dorthin, wo sich wütende Autofahrer anschreien. Wo kreuz und quer zwischen Metallgittern, die den Strom der ausfahrenden und einfahrenden Fahrzeuge von und zur Fähre regeln sollen, hupende Wagen stehen.

Menschen zerren an den Gittern, reißen den Verbund auseinander. Werfen sie um. Metallstreben knirschen über Autolack. Erhitzte Diskussionen, völliges Durcheinander. Zwei Männer prügeln sich bereits. Kinder weinen. Ich werde angerempelt und umgestoßen. Rappele mich wieder auf.

Ich werde von einem Wagen magisch angezogen. Der Wagen, der für das Chaos verantwortlich ist.

Menschen stehen um dieses Fahrzeug herum. Die Wagen dahinter sind eingekeilt von Begrenzungen aus Beton, an dem es kein Vorbeikommen gibt. Ratlosigkeit und Wut steht wie eine Aura über dem riesigen Wagen, der für alle anderen die Durchfahrt zur Fähre nach Dänemark blockiert. Ich höre das Geschrei, verzweifelte Anweisungen von Menschen in Uniformen, die einen Umweg freimachen wollen, Gitter verschieben, Touristen und Einheimische, Deutsche und Dänen anschreien und angeschrien werden. Doch niemand fasst den Wagen an. Selbst im größten Chaos bleibt eine Bannzone von etwa einem Meter rund um den Wagen frei von Menschen, Gittern und sonstigen Gefahren, als hätten die Menschen Angst vor dem Ding. Als wäre es ihnen unheimlich. Ich weiß, warum sie sich von dem Wagen fernhalten, denn es geht mir ähnlich. Normalerweise würde ich einen großen Bogen um dieses Gefährt machen. Doch ich fürchte nichts mehr, als Johan zu verlieren. Ich nähere mich dem Fahrzeug, weil ich ganz genau weiß, dass ich hier richtig bin.

Rabenschwarz. Aber kein Wohnmobil. Verspiegelte Scheiben rundherum, bis auf die Frontscheibe. Ich beuge mich über den Chrom des Kühlers und sehe hindurch. Fahrer und Beifahrersitz sind leer. Schwarzes Leder, leicht rissig. Am Rückspiegel hängt eine Gummifledermaus. Obwohl eine verspiegelte Trennwand den Blick nach hinten verhindert.
Ich bin richtig!
Ich gehe um den Wagen herum und zerre an den Türen. Verschlossen. Ich drücke meine Hände auf die Heckscheibe, presse meinen Kopf darauf und versuche ins Heck zu spähen, indem ich alles Licht von draußen fernhalte. Die Scheibe bleibt undurchsichtig. Rabenschwarz.
Jeder andere Wagen wäre von der wütenden Meute

mittlerweile einfach ins Hafenbecken geschleudert worden. Aus dem Weg geschafft. Zerstört. Vernichtet!

Doch einen Leichenwagen lassen alle in Ruhe.

Finger weg, wer weiß, was sich im Heck befindet.

Ja, genau, Bo. WER befindet sich im Heck?

Dein Bruder?

Seitlich von mir bricht der Damm aus Metallgittern, und das Chaos ergießt sich Richtung Fähre wie ein wütender Strom. Die Besatzung hat keine Chance, den Ansturm unter Kontrolle zu bringen. Keine Ordnung, sondern erboste Anarchie. Von Menschen, die für einen Urlaub töten würden.

Was ist in dem Wagen, Bo?

Ist es die Leiche von Johan?

Wirst du ihn dort finden?

Ich gestatte mir keine weitere Sekunde mit diesen Fragen, die mir den Verstand zu rauben drohten. Auf der Suche nach einem Gegenstand, irgendwas, womit ich die Heckscheibe des Leichenwagens einschlagen kann, sehe ich mich um. Der verstreute Müll rasender Urlauber ist zu klein. Das Holzpaddel eines Ruderbootes, wahrscheinlich von einem Dachgepäckträger gefallen, liegt zerbrochen unter einem der umgestürzten Gitter. Ich zerre es hervor und schlage wie von Sinnen auf die Heckscheibe des Leichenwagens ein. Holzsplitter fliegen mir um die Ohren, doch die Heckscheibe bleibt intakt und undurchsichtig.

»Geh! Kaputt! Scheiße! Kapuuutttt!«, brülle ich. Jedes Wort ein Schlag. Das Paddel wird immer kürzer.

Eine Hand zieht mich von dem Wagen weg. Ich zucke erschrocken zusammen und drehe mich um. Kürten steht mit gezogener Waffe vor mir.

»Was haben Sie vor?«, stammele ich.

»Geh zur Seite! Weg da!« Kürten dreht seine Waffe um und fasst sie am Lauf. Dann lässt er das Sicherheitsglas der Heckscheibe mit einem Schlag in eine Million winziger Verbundscherben zerspringen und klopft mit dem Griff seiner Dienstwaffe ein Fenster in den Wagen. Ich sehe –

Füße in Turnschuhen. Mein Gott! Eine Leiche.

Ein Toter!

»Ist das Johan?«, kreische ich. »Ist er tot?«

Wie zur Bestätigung hupt es – doch diesmal geht mir der Ton durch Mark und Bein. Das Signalhorn der Fähre am Anleger.

Ich kann Kürten nicht verstehen. Er ist auf Knien, nimmt meinen Kopf in seine Hände und zieht mein Gesicht so nah an seines heran, dass meine Halswirbel knirschen. Weil ich mich strampelnd wehre. Mit geschlossenen Augen. Ich will es nicht sehen.

Ich will meinen toten Bruder nicht sehen! Ich WILL Johan nicht verlieren! Ich DARF Johan nicht verlieren! Ich KANN Johan nicht verl–

»NICHT JOHAN, BO!«, brüllt Kürten. Immer wieder. »ES IST! NICHT! JOHAN!«

Es ist ein verschreckter kleiner Mann. Ein gefesselter Untoter in Turnschuhen und Tennissocken. Eine davon in seinem Mund, als Knebel. Igitt.

Kein Vampir entsteigt dem Wagen, als Kürten ihn von seinen Fesseln befreit, sondern ein erleichterter Frührentner. Der sogar in der Nähe meiner Schule wohnt. Der gern an alten Autos herumschraubt. Besonders an Leichenwagen. Die werden nämlich so gut wie nie zerkratzt oder beschädigt, sagt er und lächelt schüchtern.

Oder entführt?, denke ich.

»Na ja, bis auf diese Typen in Eckernförde. Wer hätte das auch von so jungen Anhaltern gedacht«, sagt er und lächelt wieder. Verlegen, als wäre die ganze Sache seine Schuld.

Ich bin verwirrt.

Wenn mich nicht alles täuscht, hat Johan mir diesen Mann sogar schon mal gezeigt. Das ist lange her. Damals fuhr der Mann ein bordeauxrotes Cabrio. Ich erinnere mich an Johans Begeisterung. Ein Roadster stand vor der Garage des Typen. So hat Johan das Ding genannt.

»Was ist mit der Gummifledermaus?«, frage ich.

»Dic am Spiegel? Ach, das ist doch nur ein Scherz«, lächelt der Mann.

»Das ist nicht Raven!«, sage ich verzweifelt.

Die Fähre hupt.

»Der Mann ist ungefähr so gothic wie ein Käsebrötchen«, antwortet Kürten und knirscht mit den Zähnen.

Der Frührentner sitzt auf der Ladefläche seines Leichenwagens und reibt sich verwundert die geröteten Handgelenke.

Ich denke nach.

Die Fähre hupt.

Ich renne los.

»Bo! Nicht schon wieder!«, höre ich Kürtens Stimme hinter mir.

FÄHRE

Ich springe ab – fliege in letzter Sekunde über das schmutzige Hafenwasser auf die Laderampe der Fähre. Rappele mich auf, reiße mich von einem empörten Lademeister los, der mich auf Dänisch verflucht, und will weiter. Doch es rumpelt hinter mir und –

»Aua! Scheiße! AU!!«

– ich muss zu Kürten zurück, der mit schmerzverzerrtem Gesicht auf der Ladeklappe liegt. Er versucht aufzustehen, fällt wieder auf den Hintern.

»Ich glaube, ich habe mir den Knöchel gebrochen«, zischt er durch die Zähne.

Ich kann nicht bei dir bleiben, tut mir leid. Ich muss meinen Bruder suchen. Er ist hier! Ich weiß es!, denke ich und sprinte los. In die Dunkelheit des Autodecks. Erleichtert darüber, dass Kürten den Sprung vom Anleger auf die Fähre in allerletzter Sekunde geschafft hat. Auch, wenn er nun bewegungsunfähig auf der Laderampe kauert.

Ich weiß, dass sie zu Fuß unterwegs sein müssen, und lasse die Autodecks bei meiner Suche aus. Den Leichenwagen haben sie stehen gelassen, als der Polizeihubschrauber kam. Vielleicht haben sie vorher auch schon mitbekommen, dass die Einsatzwagen mit Blaulicht in den Hafen gefahren sind.

Ich eile durch Gänge, in denen es nach Diesel stinkt. Die Maschinen wummern. Ich öffne alle Türen und starre in Mannschaftsräume, Besenkammern, in die Gesichter von freundlichen und ärgerlichen Menschen, denn für Verbotsschilder und mit roten Seilen abgetrennte Bereiche habe ich eine besondere Notfallerlaubnis. Finde ich.

Sie waren zu viert von Eckernförde aus unterwegs. Nun sind zu dritt. Raven, Mick und Johan. Den armen Frührentner hat Raven in seinem eigenen Leichenwagen entsorgt, als die Polizei im Hafen auftauchte.

Ich durchsuche jedes Deck. Meine Gedanken rasen. *Noch ist es nicht zu spät*, denke ich immer wieder. Aber mein Gefühl sagt mir, dass etwas nicht stimmt.

Caféteria, Daddelhalle mit einarmigen Banditen, Restaurant. Damenklos. Herrenklos. Dieses Schiff ist riesig. Überall Kinder, Mütter, Väter. Die Stimmung ist hochexplosiv, wegen der chaotischen Abreise. Wenn ich versehentlich jemanden anrempele, kassiere ich einen Ellenbogen in die Rippen.

Ich drängele mich durch die Menge an der Reling und weiß, was Johan anhatte: sein orangefarbenes Lieblingsshirt mit dem Jägermeisterlogo. Ein Hirsch, glaube ich. Oder sind es zwei Hirsche?

Beim letzten Telefonat waren drei Stimmen während des Streits zu hören, kurz bevor die Verbindung abbrach, überlege ich. *Lag der Besitzer des Wagens da schon gefesselt im Heck? Kann sein.*

Die Rettungsboote sind mit Planen abgedeckt. Alles auf diesem Kahn ist doppelt und dreifach überlackiert.

Dennoch läuft die eine oder andere rostige Spur an Bolzen und Schraubverbindungen hinunter.

Raven muss Spuren hinterlassen. Es geht doch nicht anders, denke ich und eile zum Vorderdeck. Etwas kriecht durch meine Erinnerung, doch ich bekomme es nicht zu fassen. Ich starre den Rostverlauf auf einer lackierten Fläche auf dem Schwenkarm eines Rettungsbootes an. Denke an Farbgeruch, obwohl ich nichts rieche. Dann denke ich an den Geruch verdorbener Lebensmittel und bekomme trotzdem Hunger. Weiter! Auf einer Tür klebt ein Schild. Das Piktogramm eines Delfins erinnert mich an das Bild einer Krähe, während ich nach vorn renne.

Sie stehen beide am Bug der Fähre. So weit vorn, wie es geht. Johan trägt Orange. Jägermeisterfarbe ohne Logo auf dem Rücken, doch er muss sich nicht umdrehen. Ich erkenne sein im Nacken gelocktes Haar. Ich weine vor Glück. Denn er lebt. Das Bild der beiden erinnert mich an einen Film. An DiCaprio und diese Schauspielerin, die mal dick und mal dünn ist. An *Titanic*!

Ich bin der König der Welt! Renne Richtung Bug.

Ja, klar, denke ich. *Sie waren zu dritt. Nun sind sie zu zweit. Der Vogel auf der Tür, das war keine Krähe, das ist …*

Raven lächelt mich an … *Ein Rabe!*

»Du hast mich gefunden? Du bist wirklich etwas ganz Besonderes«, sagt er.

So gothic wie ein Käsebrötchen, denke ich und kann die frische Farbe in seinem Zimmer wieder riechen. Sehe den Raben auf seiner Tür.

Raven. Mann, war ich blöd!
Und nun hält dieser Psychopath meinem Bruder ein Messer an den Hals. *Alles meine Schuld. Wieso ist Stefan nicht darauf gekommen? Wieso wusste er es nicht?*, frage ich mich.

Weil aus seiner Schwester eine Vampirella wurde. Weil es ein Geheimnis zwischen Freund und Freundin war. Nicht zwischen Bruder und Schwester. Stefan hat Raven niemals gesehen, lautet die Antwort.

Seit er dich kennt ist er viel fröhlicher. Das hatte Ravens Mutter doch gesagt, oder?

Du bist etwas Besonderes, sagt Senta immer zu mir.

Raven sucht das Besondere. Er bastelt sich das Besondere aus unsicheren Mädchen. Er nimmt Mädels auseinander und setzt sie ganz neu zusammen. So, wie es ihm gefällt.

Ich habe meinen Stil geändert, seit ich Raven kenne. Er aber auch. Er ist nicht mehr gothic, eher Siebziger. Surfer Style.

Johan keucht.

»Lass Johan los, mein Bruder hat nichts damit zu tun«, sage ich.

»Es geht nicht um dich und mich«, antwortet er. »Nicht mehr. Frauen sind schwach! Verlassen kann man sich nur auf Freunde!«

Die Messerklinge drückt sich in Johans Hals. Nach Freundschaft sieht das nicht aus. Es ist blanker Hass. Noch schneidet seine Klinge die Haut meines Bruders nicht. Doch durch eine einzige Bewegung von Raven würde Johan verbluten.

»Wer ist Rainer?«, will ich wissen. Zeit gewinnen. Wofür, weiß ich selbst nicht. Er lässt mich nicht näher an sich und Johan herankommen.

»Ein Freund. Er drückt Heroin, deswegen macht er alles für Kohle. Er ist blöd aber zuverlässig.«

Ich war ihm zu stark, deshalb ist er mit Johan gefahren, verstehe ich. *Er konzentriert sich jetzt auf Jungs, weil er mit Frauen nicht klarkommt!* Diese Erkenntnis trifft mich wie ein Schlag

»Warum deine Mutter? Sie kann doch nichts dafür.«

Diese Richtung ist gut. Mick blinzelt, kneift die Augen zusammen.

»Meine Mutter ist auch nicht besser als die anderen. Sie ist schlecht!«, sagt er verächtlich.

»Ich finde sie nett!«

»Nur eine schwache Frau! Ihr seid alle schwach!«

»Deine Mutter leidet. Wir alle leiden, wenn du uns verletzt. Warum tust du das?«

Er wankt, das sehe ich. Die verdammte Messerklinge bleibt trotzdem am Hals meines Bruders.

»Deine Mutter mag mich«, sage ich und improvisiere weiter. »Ich habe sie meinen Eltern vorgestellt, die mögen sie auch.«

»Echt?« Der Junge mit dem Messer wundert sich. Er glaubt mir und wundert sich.

»Ich ...« Zögern. »... liebe dich.«

Mit dieser durchsichtigen Lüge übertrete ich Micks Grenze. Ich weiß es, weil sich seine Miene verdunkelt.

Aus dem blonden Surferboy, in den ich mich verguckt habe, wird wieder ein Fürst der Finsternis. Und der wurde schon von Vampirella belogen, versetzt und verletzt.

»Nie mehr«, zischt er. Und macht die Bewegung mit dem Messer.

Ich schreie auf.

Es knallt.

Und Mick fliegt über die Brüstung. Ich sehe mich erschrocken um.

»Keine Sorge, ich habe ihn nur an der Schulter getroffen«, ruft Kürten viel zu laut, humpelt zur Bordwand und reißt einen Rettungsring aus der Verankerung.

Johan sackt kraftlos zusammen. Ich fliege ihm an den Hals. Er blutet, kein pulsierendes, tödliches Arterienblut, nur ein leichter Ritz. Er riecht nach meiner Familie, nach meinem Bruder, nach Schweiß und Angst. Supergut riecht er! Johan drückt mich an sich und beginnt zu heulen.

»Eins ist sicher«, höre ich Kürtens Stimme und sehe auf. Er reißt sich das Uniformhemd vom Leib, kleine Knöpfe fliegen überall herum. »Wenn das hier vorbei ist, mache ich Urlaub! Aber ganz sicher nicht auf einem Schiff!«

Hose und Schuhe landen auf Deck. In T-Shirt, Socken und Unterhose macht der Polizist keine schlechte Figur. »Lieber ein beschissenes Rentnerparadies! Ohne Jugendliche!«

»Ein Euro in die Fluchkasse!«, rufen Johan und ich wie aus einem Mund. Doch Kürten ist schon über die Bordwand gesprungen, um Mick – alias Raven – zu retten.

Die Fähre steht. Alle Maschinen stopp. Zwei Rettungsboote cruisen um das Mutterschiff. Eins nimmt Kürten an Bord, der Mick am T-Shirt im Schlepptau hat und ins Boot zieht. Von oben sieht der schwarze Rabe nicht bedrohlich aus. Kein Fürst der Finsternis, eher ein blondierter, nasser Welpe, wie er sich schüttelt und

wehrt. Während das zweite Rettungsboot einen großen Bogen um die Fähre macht, sehe ich, wie Micks
Schusswunde an Bord des ersten Bootes verarztet
wird. Ich denke an Micks Mutter und werde traurig.

Johan hält mich im Arm. Der Arzt verpasst ihm ein
Pflaster am Hals und will uns zwei Decken geben.

»Eine Decke reicht. Wir kuscheln«, sagt Johan.

»Darauf kannste warten, bis du schwarz wirst«,
grinse ich und nehme die andere Decke.

»Das ist mein Gag«, sagt Johan.

»Nicht mehr«, antworte ich.

»Übrigens muss mich bei dir entschuldigen«, sagt
Johan. »Stefan hat sich natürlich nicht wegen dir beschneiden lassen. Sondern wegen seiner Phimose. Das
war ein blöder Scherz. Entschuldige, Bo.«

»Was, zum Teufel ist eine …«, doch ich werde
unterbrochen.

»Wie möchten Sie Ihren Kaffee?«, fragt ein Steward.
Er wird all unsere Wünsche für die Überfahrt nach
Dänemark erfüllen, erläutert er.

»Schwarz!«, brüllen Johan und ich gleichzeitig und
lachen uns halb tot.

SCHWEDEN

»Opa, was ist eine Phimose?«

Großvater Samuel wühlt mit seinen nackten Füßen im Gras, bevor er antwortet. »So ich weiß, handelt sich bei Phimose um …« Er verstummt grinsend. Hat schon lange nicht mehr Deutsch gesprochen, deshalb muss er manchmal eine Pause einlegen und nachdenken.

Die Sonne spiegelt sich auf seiner gebräunten Glatze. Seine weißen Haare sind zentimeterkurz. Es ist Ende Juni. Opa Sam ist rund und gesund. Wir sitzen bestens gelaunt auf der Bank vor seinem Haus mit Blick auf den See.

Johan und ich haben den Schwedentrip durchgezogen. Waren ja fast schon da. Unten am See befeuert mein Bruder den Grill.

Übermorgen kommen Lars und Senta. Wir werden Opa Samuels Siebzigsten feiern. Mehr Familie geht nicht.

Ich fühle mich so wohl wie lange nicht mehr.

»Wann hattest du das letzte Mal Schuhe an?«, frage ich Opa Samuel.

»Friling, äh … Frühling! Ganz sicher«, lacht er zurück und sieht auf seine nackten Zehen. »Wann die Vorhaut am Pimmel, am Penis zu eng ist, heißt Krankheit Phimose.«

»Eine Krankheit?«

»Ja, das tut weh! Ist aber nicht, äh …«

»Keine spezielle Judensache?«

Er sieht mich verblüfft an. Ob ich ihn veralbern will.

»Nicht ansteckend, will ich sagen. Wenn Haut eng ist, ist sie für alle Menschen zu eng, glaub mir. Brauchst du Religion für das?«

Nö, in diesem speziellen Fall nicht. Ich strapaziere die Geduld meines Großvaters trotzdem weiter.

»Es ist wichtig, Opa! Was ist eine Phimose genau?«

»Darling. Go and check this with Google. Computer ist in mein' Arbeitszimmer.«

Der Rechner läuft. Ich gehe online und es dauert keine zwei Minuten, dann bin ich schlauer.

»Darf ich telefonieren?«, frage ich Opa durch das offene Fenster.

Er winkt, ohne sich umzudrehen und macht sich auf den Weg zum Grill, wo Johan bereits auf ihn wartet. Beide barfuß. Heute Abend gibt es Fisch. Ich winke Johan zu.

»Wen rufst du an?«, will er wissen.

Einen ganz besonderen Menschen. Neuerdings ohne Vorhaut, der unbedingt zu dieser Familie gehören sollte, denke ich.

Und wähle Stefans Nummer.

»Bo? Bist du das?«

»Ja!«

Einen Moment lang Stille. Doch es ist absolut nichts mehr peinlich. Ich muss es versuchen.

»Ich liebe dich.«

Und was soll ich sagen? Es funktioniert!

Danke!

Dank an
Sascha Strauß,
Stephan Melchior
und Klaus Warnebier
für viele hilfreiche Informationen.

Oliver Pautsch

OLIVER PAUTSCH

MONA
IST WEG

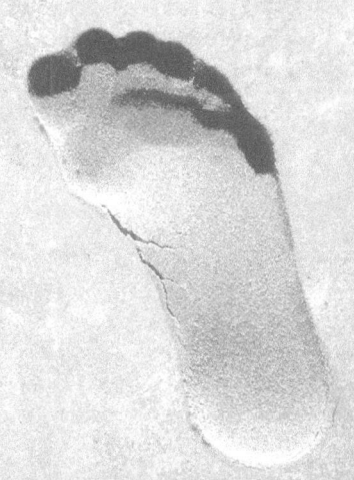

young thriller

Leseprobe
»Mona ist weg«

Mona ist unberechenbar und rätselhaft für Jan. Obwohl sie es versprochen hat, ist sie nicht zur Theaterprobe erschienen. »The person you have called is temporarily not available ...« Jan kann den Spruch auf Monas Mailbox nicht mehr hören! Tausendmal hat er versucht, sie auf ihrem Handy zu erreichen. Doch Mona ist wie vom Erdboden verschluckt. Mona, in die er sich gerade erst verliebt hat ...

young thriller – Spannung pur!

Mona ist weg
(young thriller 01):

1

ERSTE HEXE:
Wann kommen wir drei uns wieder entgegen,
im Blitz und Donner, oder im Regen?

»Macbeth« – 1. Akt, 1. Szene

August. Dritte Theaterprobe. Die Tür flog auf und
Jan rannte aus der Dunkelheit des Jugendzentrums.
Draußen war es gleißend hell. Hinter Jan stürzte ein
Verfolger aus der Tür. Er blutete aus der Lippe. Jan
stolperte über einen Blumenkübel, strauchelte auf die
Straße und bemerkte den Linienbus nicht. Er hatte
keine Ahnung, wie knapp der 782er ihn verfehlte,
seine Augen hatten sich noch nicht an die Helligkeit
gewöhnt.

Jan rannte durch brütende Hitze auf das Schulgelände und rüttelte an allen Türen vor dem Haupteingang des Gebäudes. Sie waren verschlossen, niemand
zu sehen, nur Mülleimer stanken in der Hitze. Jan
schrie auf. Er wollte zu Herder, seinem Biologielehrer!

Denk nach, Jannick! Schulferien, hörte er Mona.
So fröhlich wie früher. Monas Stimme in seinem Kopf
ließ Jan die Richtung wechseln und auf dem Weg in das
Internatsgelände hinter der Schule noch einen Zahn
zulegen. Obwohl er wegen der Hitze fast ohnmächtig

wurde. Die Zunge klebte in seinem Mund wie ein zu großer Kaugummi. Seine rechte Hand schmerzte. Auf den Fingerknöcheln brannten Abschürfungen. Wahrscheinlich war das Gelenk verstaucht. Jan hatte noch nie zuvor einen Menschen geschlagen, doch vor wenigen Minuten hatte er Macbeth niedergestreckt! Den Krieger einfach umgehauen. Mit einem Schlag!

Jan setzte über den kleinen Zaun zum Sportplatz und trampelte zwischen den Bänken am Spielfeldrand hindurch. Über Taschen von Footballern aus der Oberstufe, die mitten in ihrem Ferientraining waren. Die Spieler riefen Jan Flüche nach. Einer versuchte Jan auf dem Rasen zu tackeln. Doch vergeblich – der Kleine war viel zu schnell und schlug Haken wie ein Hase. Der Trainer brüllte die verschwitzten Footballer an, sich ein Beispiel an dem Jungen zu nehmen und endlich ihre faulen Hintern zu bewegen. Da war Jan bereits im Wald hinter dem Spielfeld verschwunden. An einem Montag, kurz nach fünf Uhr. Ende August des heißesten Sommers seit Jahren. Niemand in der Stadt bewegte sich schneller, als er musste. Die meisten bewegten sich überhaupt nicht mehr. Oder waren in den Ferien.

Jan rannte, als ginge es um sein Leben. Das entsprach nicht den Tatsachen. Nicht ganz. Doch seit einiger Zeit konnte er an nichts und niemand mehr denken als an Mona. Sein Hemd klebte nass vor Schweiß am Körper. Bäume und Sträucher hinterließen Striemen auf seinen Armen, Blätter und Gestrüpp in seinen Haaren. Jan bemerkte nichts davon. Er pflügte eine Schneise durch das Internatswäldchen, ohne einen Gedanken an Haut und Haar oder an seine Brille zu verschwenden, die ihm von einem Ast aus dem Gesicht gewischt worden war.

Ohne einen Gedanken daran, dass er auf seinem Weg bereits mehr Flüssigkeit verloren hatte, als es für einen Fünfzehnjährigen bei diesen Temperaturen gesund sein konnte, heulte Jan auch noch wie ein Schlosshund.

Wie ein Mädchen. Wie ein Verlierer!

Verlierer lässt man links liegen! Auch eine von Monas Weisheiten, die Jan nie ganz verstanden hatte. Weil sie unvermittelt die traurigsten Dinge sagen konnte, um Sekunden später lachend in die Hände zu klatschen und neuen Unsinn vorzuschlagen. Weil Mona niemals weinte. Weil Mona alles wusste. Weil Mona großartig war!

Der Wald neben dem Sportplatz des Internats wurde von einem hohen Drahtzaun begrenzt. Als »Vögelwäldchen« wurde er auf dem Pausenhof von den Älteren bekichert. Und Jan hatte damals tatsächlich an Eier legende Tiere mit Federn geglaubt.

»Ja, sicher«, hatte Mona gegrinst, »der Genoppte Präservativ nistet dort.« Bei Jan war der Groschen gefallen und er war blutrot angelaufen. Dann hatte Mona ihn freundlich angelacht: »Mach dir nichts draus, Jannick. Da gibt's sicher auch Amseln.«

Die verarscht mich! Total!

Kurz darauf hatte Jan sich in Mona verliebt. Noch nie hatte jemand ihn »Jannick« genannt. Er verliebte sich in Monas Locken. In ihr Lächeln. Besonders verliebte Jan sich in Monas freche Klappe. Mit dem Muttermal über der Oberlippe. Unsterblich. Nur wusste Jan es damals noch nicht. Er hatte gelacht und gehofft, dass niemand sah, wie er rot wurde.

Doch. Mona hatte es gesehen und gelächelt. Plötzlich schämte Jan sich nicht mehr. Und verliebte sich.

Er stolperte blindlings durch die Büsche. Seine Angst war kalter Panik gewichen. Keine Ahnung, warum er ausgerechnet in den Wald gerannt war. Nun fand er keinen Ausgang, kein Tor, nicht auf dieser Seite. Jan musste über den verdammten Zaun!

Beim ersten Anlauf machte er den Fehler, sich mit der verstauchten Hand festzuhalten, der Schmerz durchzuckte Jans Körper wie ein Blitz. Ihm wurde schwarz vor Augen. Er fiel rückwärts in den Dreck und bekam keine Luft. Nach der Strecke, die Jan zurückgelegt hatte, bei diesen Temperaturen und dem harten Schlag auf seine Lungenflügel, war es ein Wunder, dass er wieder auf die Füße kam. Blitze zuckten vor seinen Augen. Ohne Brille verschwamm der Drahtzaun vor ihm zu einer trüben Masse. Jan konnte kaum noch etwas erkennen. Er krallte sich mit der Linken in den Draht und rang nach Atem. Auf der anderen Seite des Zauns tauchte eine Gestalt in Form einer gebeugten, alten Hexe auf.

Ich bin die Erste Hexe!, brüllte Mona in seinem Kopf. Mit der Stimme einer Wut, die Jan von Mona nicht kannte. Die alte Dame auf der anderen Seite zuckte erschrocken zusammen, als Jan röchelnd hinter dem Zaun auf die Knie sank. Sie setzte zur Flucht an, doch von dem Jungen ging keinerlei Gefahr aus. Jan war nur verzweifelt und verwirrt.

»Sie ist weg!«, brüllte Jan durch den Zaun.

Was die alte Dame betraf, hatte er damit vollkommen recht.

»Wie siehst du denn aus? Bist du verprügelt worden?«

Jan stapfte schweigend zum Kühlschrank und setzte unter den Augen seiner Mutter den Tetrapack Orangensaft an die Lippen. Claudia Reiter war so erschrocken über Jans Anblick, dass sie darauf verzichtete, ihren Sohn zu ermahnen ein Glas zu benutzen, wie sie es vorher schon unzählige Male getan hatte. Ohne Erfolg.

Jan trank aus, zerknüllte den Karton, ließ sich auf einen Küchenstuhl neben dem Fenster fallen und wischte sich schmutzigen Schweiß aus den Augen. Erst jetzt bemerkte seine Mutter, dass Jan heftig atmete. Von seiner Stirn führte eine Spur geronnenen Blutes in Richtung Augenlid. Jan verteilte sie mit einer fahrigen Bewegung auf seiner ganzen Stirn, ohne es zu bemerken.

»Was ist passiert? Wo ist deine Brille?« Claudia eilte mit dem Küchenhandtuch in der Hand zu Jan und zupfte einen Zweig aus seinen Haaren.

Es war Claudia nicht entgangen, dass ihr Sohn in letzter Zeit Probleme zu haben schien. Über die er nicht sprechen wollte. Nicht mit ihr oder seinem Vater. Auch jetzt schwieg Jan mit zusammengebissenen Zähnen. Er ging in Deckung, als sie die blutige Kriegsbemalung von seiner Stirn wischen wollte.

Es gab Claudia jedes Mal einen Stich, wenn der Junge ihrer Umarmung oder einem Kuss aus dem Weg zu gehen versuchte. Ihr Mann hatte dafür Verständnis, wie für fast alles, was sein Sohn in letzter Zeit tat. Oder nicht mehr tat.

»Der Junge wird erwachsen«, war Dieters Standardspruch. Und obwohl er vom Horrortrip seiner eigenen Pubertät berichtet hatte, wurde Claudia beim

Anblick ihres Sohnes klar, dass mit Jan etwas passierte, das weit über erste Pickel und pubertären Kleinkram hinausging. Das hier war groß!

Jan wehrte sich nicht, als sie seine Stirn mit dem feuchten Küchenhandtuch abtupfte. Er ließ sogar zu, dass sie ihm das wirre Haar glatt strich und einen Kuss auf seine Stirn drückte. Claudia hatte ihren Sohn noch nie so gesehen. In seinem Gesicht stand Verzweiflung.

Jan konnte es nicht mit einem lockeren Spruch überspielen, um einer Diskussion aus dem Weg zu gehen. Eine schlechte Angewohnheit, die er von seinem Vater geerbt haben musste.

Jan saß auf dem Küchenstuhl, starrte aus dem Fenster und ließ sich von seiner Mutter im Arm wiegen. Doch Claudia konnte die ungewohnte Nähe zu ihrem Sohn nicht genießen. Dann, plötzlich, brach es aus Jan heraus. Ein Schluchzer schüttelte seinen Körper und erfüllte Claudia mit Furcht. Ihre Sorge ließ die Frage etwas zu scharf und laut klingen. Aber sie musste einfach erfahren, was Jan zugestoßen war: »Was ist mit dir los!?« Claudia riss sich zusammen, um ihren Sohn nicht ungeduldig zu schütteln.

Es dauerte eine Weile, bis Jan Luft bekam. Dann – endlich! – rückte Jan mit der Sprache heraus.

»Mona ist weg!«

JULI – THE PERSON YOU HAVE CALLED …

»… is temporarily not available.«

Jan musste sich beherrschen, um das verdammte Handy nicht an die Wand zu werfen. Mona hatte Jan seit Tagen und Wochen mit Spielchen und Kontaktsperren wahnsinnig gemacht. Weich gekocht!

Seine kleine Schwester sah vom Boden auf. Nina lag vor einem Puzzle in Jans Zimmer auf dem Teppich. Die dumme Kuh hatte noch nicht einmal die Ränder fertig!

»Schaff den Scheiß aus meinem Zimmer!«, fuhr Jan sie an und latschte auf dem Weg zur Tür absichtlich über die erste fertige Ecke von Ninas Pferdepuzzle.

»Ich kann nix für deinen Liebeskummer, Brillo!«, hörte Jan, bevor er seine Zimmertür zuknallte, dann, vom Flur aus, Ninas Schluchzen. Sofort tat ihm seine kleine Schwester leid. Sie konnte ja wirklich nichts für seine Launen. Jan hatte Nina erlaubt, ihr Geburtstagsgeschenk auf seinem heiligen Boden auszubreiten. Schließlich hatte Jan das größere Zimmer. Das Puzzle mit Pferden auf einer Koppel war sein Geschenk für Nina, sie war verrückt nach so was. Doch seine unbestimmte Angst um Mona schnürte Jan die Brust zu, machte ihn wütend! Auf alles und jeden! Jan konnte nicht mehr schlafen. Deshalb konnte er nicht mehr denken. Eine dunkle Wolke war über ihm aufgezogen. Und obwohl er wusste, dass seine ganze Familie darunter zu leiden hatte, funktionierte Jan nur noch. Wie eine Maschine. War zur Schule gegangen, hatte letzte Arbeiten geschrieben. Gefährdete kurz vor den Ferien seine Versetzung und enttäuschte den Biologielehrer. Enttäuschte Herder, der große Stücke auf ihn hielt. Jan fühlte sich beschissen.

Nicht nur, weil er seine Eltern und Nina quälte und seinem Lieblingslehrer nicht mehr in die Augen sehen konnte. Sondern weil er Mona nur noch bei den Theaterproben im Weveler Hof zu sehen bekam. Mona hatte ihre Kontaktsperre ohne Begründung verhängt. War Jan in den Pausen aus dem Weg gegangen. Hatte die Hexe nicht nur auf der Bühne, sondern jeden Tag gespielt! Und Jan hatte nicht die leiseste Ahnung, was er falsch gemacht hatte.

Anna Weiß war begeistert von Monas Darstellung, sie leitete die Theatertruppe im Zentrum. Jan hatte nur wegen Mona mit dem Mist angefangen. »Macbeth« – ein alter Schinken von Shakespeare. In einer Sprache, die keiner kapierte. Mit einer Story, die allen Beteiligten zu hoch war. Männer, die sich mit Schwertern den Schädel spalteten. Verrat und Mord. Drei Hexen mit komplizierten Sprüchen, eine total durchgeknallte Lady Macbeth. Blutrünstiger Unsinn, fand Jan. Nur wegen Mona hatte er überhaupt mitgemacht. Mona hatte Jan in die Truppe geholt. Mona wusste über Shakespeare und Theater Bescheid. Sie hatte Jan für den Hintergrund des Stücks zu begeistern versucht. Jan hatte sich alle Mühe gegeben zu verstehen, worum es ging. Doch er war kein Schauspieler. Er wollte nur so oft wie möglich bei Mona sein. Jan war verliebt in Mona. Theater war ihm egal.

Er zog die Wohnungstür leise hinter sich zu, damit keine Fragen aus Küche oder Wohnzimmer gestellt werden konnten. Er wollte allein sein, eilte aus dem dritten Stock durch den Hausflur ins Freie, lief über die Straße zur Bushaltestelle und freute sich auf die stillen Räume des Aquazoos. Seine Räume für Träume. Sportskanone, Schauspieler oder Rockstar war nicht Jans Ding. Basketball spielte er kaum noch. Jan wollte Biologe werden.

Herder, sein Lieblingslehrer, hatte Jan im Unterricht mit einer beeindruckenden Rede darauf gebracht: »Morgen, Leute. Ich weiß, dass ihr an diesem Fach nicht besonders interessiert seid, denn Sexualkunde ist schon lange durch ... Ihr benutzt doch Kondome, oder?«

Ein Lachen ging durch die Klasse. Zwischenrufe und Pfiffe. Herder schrieb eine Formel an die Tafel und drehte sich um. »Deutschland sucht ... ach was, die ganze *Welt* sucht den Superstar. Aber wer oder was ist eigentlich ein Superstar?«

Unter Gelächter wurden verschiedene Namen gerufen und einige Lieder aus der aktuellen Staffel gesungen. Herder hörte sich das an, dann sorgte er mit einer Handbewegung für Ruhe. »Letztes Jahr ist Simone Schwerfel an Krebs gestorben. Erinnert ihr euch an diese Mitschülerin? An Simone? Die Rothaarige?«

Schlagartig wurde es totenstill. Herder fuhr sachlich fort: »Simone Schwerfel litt an Blutkrebs, oder anders gesagt, an einer chronischen Form der myeloischen Leukämie, auch CML genannt.«

Eisige Stille im Raum. Herder deutete auf die Tafel.

»Dies ist die Formel eines amerikanischen Superstars, Leute. Für ein neues Medikament gegen Simones Krankheit. Der Erfinder ist Wissenschaftler.«

»Wieso musste Simone dann sterben?«, rief jemand aus der vierten Reihe wütend. Jan drehte sich um, genau das wollte er ebenfalls wissen.

Herder sah traurig aus. »Ihr könnt mit Singen und Tanzen Karriere machen oder eure Schulmannschaft nach vorn bringen. Ihr könnt in Sport und Unterhaltung ganz groß werden. Aber das macht keinen Einzigen von euch zu einer wichtigen Person oder gar zu einem Superstar. Echte Superstars existieren nur in der Wissenschaft!«

Herder deutete auf die Formel an der Tafel, bevor er sie wegwischte. »Dieses Medikament ist erst seit wenigen Wochen auf dem Markt. Forschung und Wissenschaft spielen leider immer gegen die Zeit. Wir brauchen noch viele neue Stars, um Probleme wie dieses zu lösen.«

Ein Mädchen hinter Jan schniefte leise.

»Wenn ich eure Gefühle verletzt haben sollte, tut es mir leid. Mein Beispiel soll nur verdeutlichen, dass wir im Unterricht keine Zeit verschwenden werden. Um Grundlagen für möglichst viele zukünftige Stars zu schaffen … Vielen Dank für eure Aufmerksamkeit. Warum ihr nicht rauchen sollt und was die Sonne auf eurer Haut anrichten kann, wird Thema der nächsten Stunde sein. Aber fürchtet euch nicht!« Damit warf Herder den Tafelschwamm ins Waschbecken und ging.

Jan blieb sitzen, während seine Mitschüler murmelnd den Raum verließen.

Erik neben ihm sprang wütend auf. »Der Herder spinnt doch!«

»Wieso? Er hat Recht«, gab Jan zurück.

»Hast du sie noch alle? Der zieht die ›Nur Wissenschaftler sind Superstars‹-Nummer in jedem seiner Kurse durch. Weiß ich von meinem Bruder.«

Doch Jan hatte Herder verstanden. Glaubte er zumindest.

»Herder will Interesse für sein Fach wecken.«

»Mit toten Mitschülern, denen man erst hätte helfen können, als es zu spät war?«, schnaubte Erik.

»Ja«, nickte Jan, »weil es niemals zu spät ist.«

Der Gong ertönte. Während die Jungs vom Biologieraum in den Flur einbogen und im Strom der Pausenwütigen auseinandergetrieben wurden, rief Erik hinter Jan her: »Du bist bekloppt. Weißt du das?«

Jan reckte seinen Mittelfinger Richtung Decke. Hinter seinem Rücken konnte er Eriks meckerndes Gelächter hören.

Die Räume des Aquazoos waren dunkel und angenehm kühl. Becken mit Fischen, Reptilien und Amphibien waren beleuchtet und temperiert, den Bedingungen der verschiedenen Lebensräume angepasst. Sie leuchteten wie Fenster ferner Welten in die stillen Gänge. Außer Jan schienen an diesem frühen Nachmittag im Juli kaum Besucher im Zoo zu sein. Besonders den Terrarien mit Reptilien und Amphibien gehörte Jans Leidenschaft. Er wanderte begeistert durch die dunklen Räume mit den faszinierenden Ausblicken in fremde Welten: Wüste. Savanne. Die Tropen. Tiere unter und über Wasser. Für jeden Lebensraum ein Fenster in die andere Welt. Jan konnte nie genug davon bekommen. Er klebte an den Scheiben und drückte sich die Nase platt, bis er eine Stimme hinter sich hörte: »Hey, Professor!«

In der Mitte des Raums mit tropischen Fröschen befand sich eine Bank aus dem gleichen dunklen Stein, aus dem auch Wände und Boden des Zoos bestanden. Mona lehnte sich vor und betrachtete Jan mit einem amüsierten, aber auch müden Ausdruck im Gesicht. Jans Herz machte einen Satz! Seine Gedanken ebenfalls: *Hey! Wo warst du? Warum lächelst du so? Woher weißt du, dass ich hier bin? Darf ich dich küssen? Bleibst du bei mir? Oder haust du gleich wieder ab?*

Wo warst du? Darf ich dich umarmen? WO ZUM TEUFEL warst du?

»Hey.« Jan stand auf, stellte sich neben Mona und versuchte gelassen zu wirken. Cool.

»Ich war noch nie hier.« Mona kicherte. »Sollen wir 'n paar von den Quakern aufblasen? Ich hab Strohhalme dabei.«

»Hast du nicht!«

»Nee. War nur 'n Scherz.«

Jan führte Mona zu einem Terrarium neben der Bank. Er deutete auf einen winzigen gelben Frosch, der Jan und Mona bewegungslos durch die Scheibe ansah.

»Phyllobates terribilis«, sagte Jan.

»Ziemlich gelb, der Kleine. Ist er bei der Post?«, grinste Mona. »Der könnte auf meinem Daumen sitzen.«

»Wenn du den Daumen danach ableckst, würdest du sterben«, antwortete Jan.

Mona beugte sich vor. Interessiert beobachtete sie den Frosch. »Ehrlich?«

»Indianer in Südamerika tragen diese Frösche in kleinen Bastkörben bei sich. Sie reiben ihre Pfeilspitzen über den Rücken des Froschs und jagen damit. Wer getroffen wird, stirbt. Es gibt kein Gegengift!«

»Uhh«, sagte Mona, während der tödliche Zwerg auf winzigen Beinen Deckung hinter einer Wurzel suchte. Ende der Vorstellung. Mona grinste. »Hey, ein Witz: Was ist grün und wird auf Knopfdruck rot?«

»Frosch im Mixer«, sagte Jan. Den kannte er und lachte nicht. Sondern sah Mona unendlich traurig an. Kein guter Witz. Kein guter Tag.

»Du stehst auf diese Sache, oder? Froschmann?«

Jan schwieg und sah zu Boden.

Ich steh auf dich, Mona! Nenn mich doch wieder Jannick, so wie früher. Ich kann den Weichspüler aus deinen Klamotten riechen. Ich kann DICH riechen! Und weiß genau, wie dein Kuss geschmeckt hat. Du hast gelacht, in diesem kleinen Wäldchen. Im Knutschparadie ... Du hast den Wald doch umgetauft! Mann, haben wir gelacht! Ich vermisse dich! Gehe meiner ganzen Sippe auf den Sack. Weil du mir fehlst. Was ist denn bloß passiert?

»Alles klar bei dir?«, fragte Jan vorsichtig.

»Ja ... nee. Nicht wirklich.« Mona hatte Ränder unter den Augen, die Jan vorher nicht aufgefallen waren.

»Was ist denn?«

Mona stand auf und entfernte sich ein paar Schritte von Jan. Klopfte an eine Scheibe, sah in das Terrarium und wandte sich Jan zu. Der immer noch nach den richtigen Worten suchte. »Wo ist der denn plötzlich?«

»Versteckt sich. So wie du.«

Jan kapierte den Fehler, bevor sein Spruch bei Mona ankam. Ihr Gesicht verdunkelte sich.

Gleich wird sie »Arschloch« sagen, so wie Nina eben. Ich benehme mich ja auch wie eins!

Doch während Jan die Luft anhielt, murmelte Mona: »Wird schon seine Gründe haben zu verschwinden.« Dann klopfte sie an die Scheibe: »Hallo! Komm wieder raus! Wir benutzen Strohhalme nur zum Trinken, versprochen!«

Jan lachte auf. Viel zu laut. Kam sich wie ein Idiot vor und folgte Mona zur Bank zurück. Sie küsste Jan auf den Mund. Ihre Zunge streichelte ganz vorsichtig über Jans Lippen. Es war wunderbar, doch Jan konnte es nicht genießen. Er küsste ihr Muttermal über der Oberlippe, vergrub seinen Kopf in ihrem Haar und machte sich Sorgen, ohne begründen zu können, warum. Ein mulmiges Gefühl. Ein Klumpen in seinem Magen, der seine rasende Verliebtheit seit einiger Zeit zu erdrücken drohte. »Was ist los mit dir, Mona?«

»Du wiederholst dich, Froschmann«, lächelte Mona und stand auf. »Wir sehen uns auf der Probe.«

Mona war noch nicht ganz aus dem Raum, als Jan ihr hinterherrief: »Hey! Weißt du, was wirklich grün ist?« Sie drehte sich um.

»Hoffnung ist grün.«

»Wieso ist der Frosch dann gelb?«, fragte Mona.

»Der ist giftig!«, antwortete Jan.

»Das bin ich auch«, sagte Mona und verschwand.

Es war das Letzte, was Jan von Mona gerochen, gefühlt, geschmeckt, gesehen und gehört hatte. Jan traf Mona nicht auf der dritten Probe. Er sah sie überhaupt nicht mehr. Und seine Angst sollte später noch viel größer werden als die unbestimmte, dunkle Ahnung im Aquazoo.

Mona ist weg (young thriller 01) – ISBN: 9783848256488
Überarbeitete Neuausgabe –
erstmals unter dem Titel »Mordgedanken« erschienen
im Thienemann Verlag, Stuttgart und Carlsen Verlag, Hamburg
© 2018 Oliver Pautsch
Herstellung und Verlag: BoD – Books on Demand, Norderstedt

OLIVER PAUTSCH

SIE
KRIEGEN
DICH

young thriller

Leseprobe
»Sie kriegen dich«

Ben hat Angst. Panische Angst. Seit Monaten haben Achim, Hakan und Turbo es auf ihn abgesehen: sie lauern ihm auf und zocken ihn ab. Eines Tages wird einer seiner Peiniger tot aufgefunden – mit Bens Handy in der Tasche. Plötzlich steht Ben unter Mordverdacht. Was soll er tun? Kein Mensch wird ihm glauben, dass er unschuldig ist!

Sie kriegen dich
(young thriller 02):

PROLOG – TONBANDPROTOKOLL

»Für die Akten ... zum Zeitpunkt dieser Tonbandaufnahme ist es Mittwoch, der 23. Juni, Uhrzeit, Moment ... 17 Uhr 25. Mein Name ist Hauptkommissar Joachim Breidenbach. Ist der Befragte, Benjamin Terjung, mit der Tonaufzeichnung seiner Aussage einverstanden? ... Benjamin, du musst etwas sagen. Ich brauche dein Einverständnis zur Aufnahme auf Band. Nicken genügt nicht. Na los, sag was!«

»Oh, äh, das geht klar.«

»Du bist mit einer Aufzeichnung einverstanden?«

»Ja.«

»Anzeige von Benjamin Terjung gegen Unbekannt wegen räuberischen Diebstahls. Benjamin, du bist gerade fünfzehn geworden?«

»Am elften Mai.«

»Ist dir klar, dass du eingeschränkt rechtsmündig bist?«

»Nein. Was heißt das?«

»Dass du mir nur die Wahrheit erzählen solltest. Also, was ist gestern passiert?«

»Ich wurde verprügelt und dann wurde mir das Rad geklaut. Ich war auf dem Weg von der Schule nach Hause.«

»Kannst du den oder die Täter beschreiben?«

»Sie waren zu dritt. Das habe ich aber erst später kapiert.«

»Wieso?«

»Weil sich mir zuerst nur der ... der Türke und der dünne Typ in den Weg gestellt haben. Der Dünne ist mir vors Rad gegangen.«

»Er ist dir vors Rad gelaufen, meinst du?«

»Nein, das war Absicht. Der hat mich angesehen und sich mir in den Weg gestellt. Ich wollte ausweichen, er ist wieder in meinen Weg gesprungen. Ich bin langsamer geworden und dann sind wir beide gestürzt.«

»Du hast den Jungen also angefahren und bist vom Rad gefallen?«

»Eben nicht! Ich hab den nicht angefahren, der hat nur so getan. Aber das haben der Typ und der Türke dann dauernd gebrüllt.«

»Was haben sie gebrüllt?«

»Na, dass ich den umgefahren hätte. Ich hätte das extra gemacht, hat der Kleinere immer wieder gerufen, hat sich richtig reingesteigert und ist total ausgeflippt.«

»Und der türkische Junge war ein Zeuge?«

»Nee, das war nur 'ne Show. Ein Trick. Die kannten sich und wollten mich abzocken.«

»Du willst damit sagen, dass der dünne Junge und der Junge, den du ›Türke‹ nennst, sich dir absichtlich in den Weg gestellt haben?«

»Nicht beide. Nur der Dünne, damit ich ihn umfahre. Dem hat aber überhaupt nichts gefehlt. Der hat mich später sogar noch umgehauen.«

»Was ist mit dem Dritten?«

»Sie glauben mir kein Wort, oder?«

»Du sagtest, sie waren zu dritt.«

»Nachdem der dünne Typ den Streit angefangen hatte, fing der Türke damit an, dass er mein Rad *konferieren* will, oder so.«

»Das hat er gesagt?«

»Ich bin nicht sicher. Ich hatte tierische Angst.«

»Hat er vielleicht ›konfiszieren‹ gesagt?«

»Kann sein.«

»Weißt du, was er mit ›konfiszieren‹ meinte?«

»Nee, ich hab nur begriffen, dass er mir das Rad abnehmen wollte. Das waren Asis. Dann hat mir der Dünne noch eine reingehauen und weg waren sie. Mit dem Rad, natürlich.«

»Was war mit dem dritten Täter?«

»Dem Fettsack?«

»Benjamin, es wäre hilfreich, wenn du die äußerliche Erscheinung der Täter genauer beschreiben könntest, als ›der Dünne‹, ›der Türke‹ und ›der Fettsack‹. Geht das?«

»'tschuldigung.«

»Erzähl weiter. Besondere Merkmale?«

»Also, der Dünne trug ein schwarzes Kapuzenshirt mit so 'nem chinesischen Zeichen drauf.«

»Yin und Yang vielleicht?«

»Kann sein.«

»Das Tai-Chi-Zeichen, ein Kreis mit zwei ineinander fließenden Wellen? War es das?«

»Ich kenn mich da null aus.«

»Also weiter.«

»Können wir 'ne Pause machen?«

»Wir haben doch gerade erst angefangen!«

»Bitte. Ich muss pinkeln.«

»Von mir aus ... Beeil dich.«

Stühlerücken, dann klackt es, als der Kassettenrekorder abgeschaltet wird.

FREITAG

EISKALT

»Weber hat die Leiche angefasst«, rief eine Stimme aus der Menge der Schüler, die sich um den Tatort drängten.

Sofort entstand ein Tumult auf dem Schulhof.

»Hab ich nicht!«, brüllte Weber zurück und wollte sich auf den Denunzianten stürzen. Gegenüber dem Haupteingang des Schulgebäudes flatterten Krähen protestierend in den Himmel.

Polizeiobermeister Kürten versuchte die aufgeregten Schüler unter Kontrolle halten. Im Schnee waren bereits mehr als genügend Spuren, die niemals zugeordnet werden konnten.

Scheißkalt, dachte Kürten und sah sich um. Die Schneedecke lag völlig zertrampelt vor ihm. Er hatte die Kripo über Funk angefordert. Sofort, als er den toten Jungen im Müllcontainer neben dem Haupteingang des Gymnasiums gesehen hatte. Ein grauenhafter Anblick. Die Kollegen sollten bereits vor einer halben Stunde angekommen sein. Der plötzliche Wintereinbruch hatte die ganze Stadt überrascht.

Nur zu gern hätte Kürten den Deckel des Müllcontainers geschlossen, um den Schülern den grauenhaften Anblick zu ersparen. Doch er wollte keine Spuren vernichten.

»Weber hat ihn angepackt«, brüllte der Schüler

220

erneut, der einem Frettchen glich. Der beschuldigte Weber drängte wie ein Eisbrecher durch die Menge und ging auf den Schreihals los. Das Frettchen fiel in den Schnee vor den Mülltonnen. Weber stürzte sich auf ihn, er war größer und schwerer. Das Frettchen quiekte erschrocken.

Weber ist zu dick, dachte der Polizist und zerrte die Jungen auseinander. Weber hatte ganze Arbeit geleistet: Das Frettchen war mit dem Kopf auf den Boden aufgeschlagen. Sein Blut im Schnee vor dem Container sah schlimm aus. Ein roter Fleck, wie von einem toten Tier. Kürten drückte ein Taschentuch auf die Kopfwunde des Jungen, um die Blutung zu stillen. Das Frettchen schrie wie am Spieß, hinter dem Polizisten begann Weber zu weinen.

»Hab nix angefasst, ehrlich! Ich wollte nur an die Tonne!«

»Verständigen Sie einen Arzt«, rief der Polizist einem älteren Lehrer zu, der vor dem Müllcontainer stand. Doch die Aufsicht konnte sich vom Anblick der Leiche nicht lösen.

In den aufgerissenen Augen des toten Jungen waren Schneeflocken geschmolzen und auf dem Weg über die Wangen wieder gefroren. Der Tote lag im Müllcontainer zwischen blauen Plastiksäcken und losen Papieren, die seine Schultern und den Brustkorb bedeckten, mit Blick in den Himmel und der Schnee fiel ihm ins Gesicht. Sein Körper inmitten des Mülls verrenkt, wie nur Leichen verdreht sein können, wenn sie erstarren. Oder, wie in diesem Fall, zu einer grausigen Momentaufnahme gefroren waren.

Kürten verfluchte sich, allein zum Fundort gefahren zu sein. Doch seit dem Wintereinbruch war das Chaos auf den Straßen kaum noch zu bewältigen gewesen. Alle Kollegen waren unterwegs und Kürten war auf sich allein gestellt. Er vermied den Anblick der gefrorenen Leiche und holte eine Rolle Absperrband aus dem Kofferraum, obwohl es für die Sicherung des Tatorts bereits zu spät war. Das würde Ärger mit den Kollegen von der Kripo geben.

Schülerinnen und Schüler stapften schweigend, manche weinend, durch den Schnee vor dem Container neben dem Haupteingang des Gymnasiums. Einige umarmten sich in Schock und Trauer. Ein dürres Mädchen mit Zöpfen erbrach sich in die Büsche neben dem Gebäude. Mitschülerinnen stützten sie.

Die verwischen alle tatrelevante Spuren, dachte Kürten. »Tun Sie endlich was! Schaffen Sie die Kids hier weg«, rief er dem Lehrer zu, der immer noch völlig überfordert herumstand. Dann wurde das Frettchen bewusstlos. Kürten winkte zwei kräftigen Jungs herbei und wies sie an, den Ohnmächtigen in die Pausenhalle zu bringen, als der mehrstimmige Klingelton eines Handys ertönte. Die Melodie kam Kürten bekannt vor, doch es wollte ihm nicht einfallen, woher. Das Handy verstummte kurz, dann begann die Melodie von vorn. Schüler stapften durch den Schnee und zerrten iPhones, Samsungs und Huaweis aus Taschen und Mänteln.

Natürlich, das ist von Robbie Williams, dachte Kürten und sah sich um. Es klingelte immer weiter.

In einer anderen Ecke des Pausenhofs sahen sich Zwillinge erschrocken an, als die Melodie erneut ertönte.

»Das ist doch ... *She's The One*«, flüsterte Antonia, die dreißig Minuten ältere und drei Zentimeter größere der beiden Schwestern.

»Benjamins Handy«, antwortete Bella, »den Klingelton hat er am Computer selbst eingespielt.«

Trotz Ihrer unterschiedlichen Frisuren sahen sich die beiden erschrockenen Mädchen sehr ähnlich.

Kürten folgte der Melodie, und mit jedem Schritt wuchs seine Gänsehaut. Der Klingelton kam aus dem Metallcontainer, in dem der tote Junge lag. Kürten hörte in den Container und vermied den Anblick des Jungen, wollte die blassen toten Augen nicht sehen. Doch er musste in die Tasche des Jungen greifen. Denn immer wieder dudelte die Melodie. Kürten fand das Handy und nahm den Anruf an: »Ja? Hallo?« Er zuckte zusammen, als er eine metallisch klingende Roboterstimme hörte: »Der Standort dieses Mobiltelefons wurde geortet.« Die Verbindung brach ab und ein regelmäßiges Tuten ertönte, Polizeiobermeister Kürten sah das Mobiltelefon in seiner Hand und stöhnte auf.

Keine Handschuhe! Ich habe dem Opfer ein Beweisstück ohne Handschuhe entnommen. Wie viele Fehler werde ich heute noch machen? Die Kollegen der Kripo werden mich in der Luft zerreißen!

Es begann wieder zu schneien. Der Schnee rieselte auf blaue Plastiksäcke, Fetzen geschredderter Klassenarbeiten und die weit aufgerissenen Augen eines toten Jungen, dessen Gliedmaßen verdreht und unrichtig im Müll ausgebreitet lagen.

Er ist kaum älter als die Schüler, dachte der Polizist und achtete nicht mehr auf Spuren, als er den Deckel des Müllcontainers schloss. Er konnte keine Sekunde länger in diese geöffneten Augen sehen. Er schien, als würde der tote Junge weinen.

DER DREIKLANG

Ben trennte die Verbindung zum Internet, schaltete den Computer aus und verließ den Medienraum. Laut der angezeigten Umgebungskarte, die auf dem Bildschirm angezeigt wurde, musste sich Bens Telefon irgendwo auf dem Schulgelände befinden. Nicht weiter als hundert Meter von Bens Standort entfernt.

Verdammt, wenn mein geklautes Handy hier in der Nähe ist, sind die Typen auch hier, dachte Ben und eilte durch den Flur. Er suchte einen Ausgang, wo sie ihn nicht finden würden. Ben wollte an einem Seitenflügel oder hinten raus, dort war es meistens gut gegangen.

Vor dem Haupteingang waren Sirenen zu hören. Jede Ablenkung, um heil nach Hause zu kommen, war Ben recht. Die Flure rochen nach Reinigungsmitteln. »Bohnerwachs«, hatte seine Mutter behauptet, die ebenfalls hier zur Schule gegangen war. Doch Bohnerwachs war altmodisches Zeug. Zwischen Bens Schulzeit und der seiner Mutter lagen Welten. Damals gab es keine Computer, geschweige denn Internet. Woher sollte sie wissen, wonach der Boden einer Schule heute roch? Oder wie beschissen Schule heute sein konnte? Und wie gefährlich der Heimweg? Sie hatte keine Ahnung.

Vom Flur zwischen dem Labor und dem Chemieraum im Ostflügel aus sah Ben sich durch die Glastür auf dem Gelände um, entriegelte dann den Notausgang und floh über den Sportplatz in Richtung der Hauptstraße. Vielleicht schaffte er es noch vor dem Gong, hoffte er.

Das grauenhafte »DiDaaDuuu« hörte Ben nicht nur in der Schule. Der Dreiklang begleitete ihn bis in den Schlaf. Er wachte nachts schweißgebadet davon auf. Krümmte sich in Aufzügen, die ähnliche Geräusche machen, wenn sich Türen schlossen oder öffneten. Bestimmte Musikstücke konnte Ben überhaupt nicht mehr hören, ohne sich den Bauch zu halten, bis seine Augen tränten. »DiDaaDuuu« Der Klang war überall.

Ist doch nur ein Dreiklang, versuchte sich Ben selbst zu beruhigen. Doch sein Magen krampfte sich trotzdem jedes Mal zusammen. Wenn die Krämpfe kamen, versteinerte Ben. Jeder Muskel in seinem Körper spannte sich. Ben stellte sich in diesem Moment ein Raumschiff vor.

»Alarmstufe Rot. Alle Decks gesichert, Käpt'n«, dachte er und schloss die Augen. Presste seine Lider fest aufeinander. Gegen die Tränen konnte er erst etwas unternehmen, wenn das Krampfen und Würgen vorbei war. Dann erst konnte er die Hände benutzen und das Rinnsal von der Wange wischen. So eine Angstattacke dauerte meistens nicht länger als dreißig Sekunden. Trotzdem lang genug für die anderen, sich zu wundern, Fragen zu stellen und Ben merkwürdig zu finden.

»Was hast du denn für 'ne Krankheit?« – Jochen. Mitschüler. Ein Arschloch.

225

»Ist mit dir alles in Ordnung, Ben?« – Frau Kerme-
ling, die Lehrerin. Nett, jedoch keine Ahnung.

»Ben, kommst du mit in den … oh, okay.« – Abdul,
ein Mitschüler, fast Bens Freund. Vielleicht wusste er
Bescheid, doch darüber wurde nicht geredet. Wenn
Ben die Krämpfe bekam, wartete Abdul. Sogar ohne
hinzusehen, um Ben nicht in Verlegenheit zu bringen.

Nach einer halben Minute voller Krämpfe konnte Ben wieder die Augen öffnen und auf »Alarmstufe
Grün« schalten. Durchatmen, Tränen wegwischen
und einen Weg finden. Einen neuen Weg, den seine
Verfolger noch nicht kannten.

Der letzte Gong war der schlimmste. Dann musste
Ben die Sicherheit des Gebäudes hinter sich lassen. Die
Schule war ein dreistöckiger Klotz mit zwei offiziellen
Ausgängen, acht Notausgängen in alle Himmelrich-
tungen und zwei Treppen zum Keller, Fahrradkeller
nicht mitgezählt. Ben kannte sie alle. Die Notausgänge
zu benutzen war natürlich streng verboten. Ben war
sich immer noch nicht sicher, ob es wirklich einen
stummen Alarm gab. Irgendeine zentrale Anlage, die
meldete, wenn er sich unerlaubt durch die Hintertür
davon machte. Der Hausmeister behauptete es jedenfalls. Drohte mit dem Finger und rollte mit den Augen.
Er war Schuld an den beiden Rügen, am Gespräch
des Direktors mit Bens Vater und an der Ermahnung,
Ben könnte von der Schule fliegen. Damals, bevor die
Asis ihn verfolgten, wäre Fliegen für Ben undenkbar
gewesen. Doch mittlerweile hatte Fliegen eine neue
Bedeutung bekommen. Wer fliegt, betrachtet die Welt
von oben. Wer fliegt, muss sich nicht davor fürchten,
festgehalten, geschlagen und ausgeraubt zu werden.
Ben wünschte sich mehrmals in der Woche, einfach

die Arme ausbreiten und abheben zu können. Sein Vater vertrat eine ganz andere Meinung. Als ehemaliger Oberstleutnant der Bundeswehr war er offensiv: »Geh gefälligst vorn raus, Ben. Wehr dich, verdammt noch mal! Du willst doch nicht von der Schule fliegen, nur weil du ständig die Notausgänge benutzt!«

„DiDaaDuuu.«
Der letzte Gong schoss Ben direkt in den Magen. Vom Lautsprecher aus in Bens Mitte. Da war wieder die Angst. Ein Gefühl, als müsste er sich sofort übergeben und gleichzeitig kacken. Ben frühstückte zwar schon lange nicht mehr, seit ihm regelmäßig aufgelauert wurde. Doch auch ein leerer Magen konnte sich vor Angst verkrampfen.

Sie kriegen dich (young thriller 02) – ISBN: 9783743134423
Überarbeitete Neuausgabe –
erstmals unter gleichem Titel erschienen
im Thienemann Verlag, Stuttgart
© 2018 Oliver Pautsch
Herstellung und Verlag: BoD – Books on Demand, Norderstedt

Das S.U.P.E.R.-Team kehrt zurück!
Jetzt als Buch und eBook erhältlich.

Und das Action-Leseabenteuer geht weiter ...
Band 3 ist in Arbeit